五・七・五交遊録

和田誠

白水社

五・七・五交遊録

著者自装

目次

I

フミキリノマヘニナランダネギバウズ

これ、ぼくが初めて作った俳句です。小学校（当時は国民学校）に入るちょっと前のこと。六歳でした。

踏切の前に並んだ葱坊主

と書くと少し格好がつきますね。漢字が書けなかったからカタカナで書いたんでしょう。ぼくは活発な子どもではなく家の中で絵本や漫画を見てばかりでしたから、その中のカタカナを自然に憶えたらしいです。旧仮名使いも。当時はそれが当り前だったわけですが。

右の俳句を作った経緯は思い出せません。ただ、その情景は浮かびます。当時ぼくは大阪に住んでいました。両親は東京人ですが、父が職場を大阪に移していた時期で、生まれたのも大阪です。最寄りの駅は阪和線の南田辺。その駅の、わが家から見て線路の向う側の小さなスペースに日本葱が植えられていました。そして春、葱坊主がずらりと並んでいるのを見たわけです。そのまんまの写生句ですね。「葱坊主」は春の季語です。もちろん当時は季語なんて知りませんよ。ただ情景を書いたら俳句の形になっちゃったらしい。

そんな簡単に俳句になる？　親が添削したんじゃないの？　という疑問も出そうですけど、俳句に関しては「門前の小僧」だったんです。というのは、うちの親戚は「我等が親戚句会」というのをやっていて両親も参加していましたから、ときどき小冊子が送られてきます。親が読んだあと、それをパラパラ見ていました。それで俳句の定型を何となく憶えたんだと思います。

その句会は名前の通り、うちの親戚の有志の集まりですが、一堂に会して句会を開くというのではなく、というのも親戚はほとんど東京在住でもわが家は大阪だし、転勤のため地方にいた一家もあったので、投句は郵送です。幹事は回り持ち。毎月一度、幹事が兼題と締切の日を決めて、それに従って同人は句を詠み、幹事の家に五句ずつ送ります。幹事は全員の句を無記名でバラバラに並べ、謄写版で刷って綴《と》じ、同人の家に送ります。同人は二十四人。複数の家族が同人になっている家がほとんどで、家の数は九軒でした。つまり九つの家族が句会を構成していたわけです。

「句集」を受け取った同人はいいと思った七句を書いて幹事に送ります。幹事はそれを集計して順位と作者を発表する「選句集」を作って、同人の家に送る。つまり毎月二冊の小冊子（昔のことですから紙はワラ半紙。立派な表紙などはなく、糸でかがった手作りの粗末なものでした）が作られていました。

以上のような詳しいことを子どものぼくが把握していたわけではありません。この句会の存在については憶えていましたが、わが家には「句集」も「選句集」も残っていないので、大人になってから「我等が親戚句会」というのがあったなあ、と思い出して、当時の小冊子を誰か持っていないかしらと小当たりをしてみたのですが不明。ところがつい最近になって、当時の同人の遺品の中から、ほぼ一年分の冊子が見つかったんです。急いでコピーを取ってもらったので、今述べたようなことがやっとわかった。「宗匠」に当たる人もいなかったようです。昭和十七年ということも記されていたので、ぼくが六歳だったことも特定できたわけです。

親戚の最長老だったおばあちゃんが亡くなった時は、同人有志が追悼の句を載せています。「本日敵機東京空襲す、東京在住同人家庭に異状なし（印刷係）」という記述もあって「そんな中でも句会をやってるんだから風流な親戚だったんだなあ」と思ったりしました。

昭和十七年五月句集にぼくの葱坊主の句が載っています。「特別寄稿　雑詠六句」と題されていて葱坊主のほか五句。その中の一句は、

シロサイテアカハツボミノアザミカナ

これも写生句らしいです。この時のことは憶えていませんが。それにしても親が面白半分に送ったに違いない六歳の子どもの句を「特別寄稿」扱いするなんて粋な親戚だったんだなあと思います。

句会の同人は母方の親戚に限られていました。父方のほうは教員とか僧侶とかいった堅物ばかりだったんです。堅物が俳句に向かないということはないでしょうし、事実教員にして俳人、僧侶にして俳人、という方は古今いらっしゃるわけだけれども、うちの親戚句会は結社のようなシリアスなものではなく、遊び半分の集まりだから、真面目サイドは敬遠されていたらしいんです。父親も自分側の親戚より妻側の親戚と付き合うほうが気がおけなくて好きだったようです。

父は築地小劇場の創立メンバーで、音響効果担当でしたが、照明もやるし舞台美術にも手を出したし、必要とあれば舞台に立ったこともあるとのこと。主宰者の小山内薫が亡くなって劇団が解散したあと、音響効果の腕を買われてＮＨＫ（当時はアルファベットの略称はなく「日本放送協会」でしたが）の大阪局に入ったので大阪に住むことになったというわけ。やがてラジオドラマの演出をするようになりました。父方の係累では異色の存在です。母は専業主婦でしたが、母の兄は素人劇団の役者を振り出しにラジオドラマの脚本を書くようになり、古川ロッパ劇団の脚本を担当し、戦後は日劇に入ってレヴューの構成演出などをしていました。山本紫朗という名前。この伯父の奥さんは宝塚出身。その姉さんに一人娘がいて、マリちゃんという美少女でした。のちの岡田茉莉子。

大阪に住んでいたわが家は戦争が激しく敗戦の気配が濃厚になってきた昭和二十年の初め頃、父親が突然職場をクビになって東京に戻ります。大阪で生まれたぼくにとっては上京ですけど。住んだのは父の両親の家。父の父はすでになく、父の母が一人で住んでいました。父は家を探す必要がなく、祖母は心細くなくなって、双方都合がよかったのでしょう。この祖母も、もと教員だということでした。

で、ぼくたちが東京に着いたとたん、祖母はぼくを机の前に坐らせ、硯、墨、筆、和紙など一式揃えて墨をすり、どんな字か忘れましたが手本を示して「さあ書きなさい」と習字をやらせる。そんなことイヤなので抵抗したけど強引に書かされました。それが毎日続くのでうんざりする。父も母もそんなこと強要したことはないのに。ぼくが大人になってもきちんとした字は書かず、漫画みたいな字ばかり書いているのは、あの時の反動かもしれません。

東京の学校に転入するはずが、ぼくが入るべき低学年のクラスはみんな集団疎開でいなくなっていました。もう空襲たけなわで、一家で疎開する家族もあるし、子どもだけ疎開させる家もある。学校でまとまって行くのが集団疎開で、地方のお寺などを借りて集団生活をします。つてを頼って、つまり地方に住む知人や親戚のもとに個人で行くのが縁故疎開。うちは集団疎開を当てにしていたらしいですが、出発に間に合わなかったので縁故疎開になりました。父方の遠い親戚、会ったこともない家にいきなりあずけられちゃった。そこの家族はとても優しくしてくれましたが、三年生になりたての子どもとしては親と離れるのは心細くて、すぐ隣の千葉なのにずいぶん遠いところに来たという感じがしましたね。

友だちもすぐにはできないし、相変わらず家の中で絵を描いてる。その家に厄介になってた数か月の間に学習ノート一冊分のストーリイ漫画を完成させたりしてたんです。外に出れば畑あり田圃《たんぼ》あり、山あり沼あり、それまで知らなかった風景が展開していて、俳句で言う「嘱目」に事欠かなかったはずだけど、句にしてやろうという気分にならなかった、というか子どもですからね、俳句なんて言葉も頭に浮かびませんでした。

そして八月十五日。

茶簞笥の上のラヂオや終戦日

これは中年になってから、あの日のことを思い出して詠んだものです。

あの日の光景はよく憶えています。放送も聴きました。天皇の言葉の意味はわからなかったけれど、周囲の大人の反応で戦争に負けたということははっきりわかりました。泣いてる人もいましたが、ぼくは戦争は終わったんだ、これで家へ帰れるんだ、と思って嬉しかったです。最近よく「敗戦を終戦と言いかえるな。胡麻化さないではっきり敗戦と言え」という意見をききますが、あの時のぼくの気持は「終わった」でしたね。

では すぐ帰れたかと言うと実はそうじゃなかった。戦中戦後の東京にはろくに食べ物がありませんでした。そんな東京に子どもを呼び戻すのは可哀そうだと親が思ったらしく、もう少しあずかってくれと疎開先に頼んだらしい。それでさらに二、三か月その家に厄介になりました。とは言え、疎開先だって食料品が潤沢ということはなかったです。

そしてやっと東京に。帰るのは嬉しいけれど、ばあさんの習字攻勢が待ってるかと思うと恐ろしかったのですが、それはもうありませんでした。老齢のせいで孫をしごく気力が半年ほどの間に衰えていたらしい。まもなく亡くなりました。

一方、母の母であるおばあちゃんがいます。一人をばあさんと呼び、一人をおばあちゃんと呼ぶことで、ぼくの気分がつい現われちゃう。

おばあちゃんは長男、つまりぼくの伯父の家にいたと思いますが、娘と孫の顔を見にちょくちょくうちにやって来ました。そして孫を寄席や歌舞伎に連れて行ってくれる。おかげで名人と謳われた文楽や志ん生の盛りの時代が聴けたし、可楽なんて凝った人も聴いてます。寄席も今はなき神田立花へ行ってるし。「仮名手本忠臣蔵」を通しで観たこともあります。子どもにはずいぶん長いし、勘平の切腹の場面なんていやにリアルで吐きそうになりましたが、花四天が出てくるところなんかきれいだと思ったし、鷺坂伴内のセリフをすぐ憶えて、家に帰ってから真似したりしていました。こういう役名など、その場でおばあちゃんが教えてくれたのを憶えているんです。

おばあちゃんの若い頃、連れ合いの山本銀次郎という人が風変わりな物好きタイプで、本業は灯油商だったけれど電灯の時代になって灯油が売れなくなると、場違いの出版社を興して「袖珍文庫」というシリーズを刊行しました。日本最初のポケットブックらしくて好評だったため、まもなく別の出版社が同じ判形の「立川文庫」を出した。「袖珍文庫」が「俳諧七部集」など古典文学を中心にしたのに対して、「立川文庫」は「宮本武蔵」だの「寛永御前試合」だの講談調の派手なやつを中心にしたから、そちらが売れに売れて「袖珍文庫」を追い落としちゃった。銀次郎さんは敗退したわけです。

そんな話をおばあちゃんは前半は得意そうに、後半はくやしそうに孫のぼくに話してくれました。おばあちゃんは「中里介山も親戚だったのよ」と言っていましたが、子どものぼくは中里介山が何者か知りませんので、どういうつながりか聞きそびれてしまいました。知ってる人はもういないかな。

ぼくが幼児の頃、つまり大阪時代から、おばあちゃんはわが家に来ると、小さな和紙に「横柴や縦柴垣に四方八方あびらうんけんそわか　十二月十二日」と書いて勝手口に貼っていました。十二月十二日は石川五右衛門の誕生日だか命日なんだそうで、泥棒よけのお守りとして貼るわけ。

お正月には宝船の絵をシンプルに描いて、横に「なかきよのとおのねふりのみなめさめなみのりふねのおとのよきかな」と書く。これを枕の下に入れて寝ると、いい初夢を見ると言っていました。「上から読んでも下から読んでも同じよ」と説明してくれます。回文なんですね。意味はわからなかったけれど、少し大きくなって漢字入りで書いたのを見ると「長き夜の遠の眠りのみな目覚め波乗り船の音の良きかな」でした。

さらに「江戸しりとり唄」なるものを教えてくれる。「牡丹に唐獅子竹に虎、虎を踏まえて和唐内、内藤様は下がり藤、富士見西行うしろ向き、剝き身蛤馬鹿柱、柱は二階と縁の下……」とえんえん続くやつ。調子がいいから憶えちゃう。ぼくは今でも全部そらで言えます。

　それらのこともあっていつのまにか七五調に馴染んだのかもしれません。それが「葱坊主」の俳句につながっているのかも。

　このおばあちゃんのいちばん下の妹の連れ合いが「石川のおじさん」とぼくたちが呼んだ面白いおじさんでした。俳句が好きな趣味人で、親戚句会の言い出しっぺもこの人だったんじゃないかと思います。戦前に中国で会社を興して景気がよかったらしいけど、戦争で駄目になった。でもひとつも暗い顔をせずに、戦後は昔とった杵柄らしい社交ダンスを近所のおばさんたちに教えたりして、暮らしは楽しそうでした。

　ときどき遊びに行くと、畳の上に面白そうな大人の雑誌が散らばっているので勝手にパラパラ見ます。背伸びして読むと子どもにも結構わかって楽しめるページがありました。戦前の「新青年」です。夜になって帰ろうとすると、「マコちゃんや、道が暗いぞマゴつくな」などとアドリブの駄洒落入り五・七・五で笑わせてくれる。

　ことほど左様に母方の親戚は軟派系というかエンターテインメント系なんです。「親戚句会」もそういう土壌から生まれたらしい。

　その句会も戦中戦後の混乱期に自然消滅してしまいました。子どもにはわからなかったけれど、それぞれの家でそれぞれの事情があって句会どころではなくなったんでしょう。

わが家も大阪から東京に移ったのは前述の通り父が職場を解雇されたため。ある日突然上司に「君の仕事はもうない。明日から来なくてもいい」と何の説明もなく言われたんだそうです。一家の大黒柱が突然職を失ったのが敗戦直前の厳しい時だったし、父は演劇関係か放送関係しかできることがありませんから職探しもままならず、極度の窮乏生活を強いられることになります。その状態は昭和二十年から民間放送が開始されて父が仕事に復帰する昭和二十六年まで続きました。

父がクビになった理由は子どもには説明されていません。父にもよくわからなかったらしい。父の歿後、父のもとの同僚（あるいは部下）だった人から話をきいたんですが、その人は「たぶん」と前置きしてから「局から与えられたドラマが、あの当時のことだから戦意発揚ものだったんだろう。君のお父さんはラジオドラマの鬼と呼ばれたほどの、完璧主義の人だった。お父さんはその脚本が気に入らなかったんじゃないかな。理由は思想上のことか、脚本が不備だったのか、ぼくにはわからないが、お父さんは職人肌だったから思想上というより技術上の問題を突いたんだと思う。ところがお父さんは築地小劇場の出身だ。あの劇団はロシア演劇をよくやっていたし、左翼系と見られていた。お父さんは思想とは関係なく技術スタッフとして加わっていたはずだけど、戦意発揚ドラマに楯ついたってことで、やっぱり築地出身者はアカだ、危険分子だ、と見られちゃったんじゃないかな」と言ってました。

当たっているかもしれませんね。戦時中に国粋主義的なことも言わなかったけど「愚かな戦争だ」なんて言ったのも聞いたことがない。子どもには聞かせなかったとも考えられますが、ずっと後のヴェトナム戦争についての発言も聞いていません。ニュートラルを通していたみたい。とするととんだトバッチリで、子どもにとっても親父が職を失うと小遣いはもらえないし、ろくなものは食えないし、いい迷惑でした。

話を俳句に戻します。

疎開から東京に戻り、以後ずっと東京。国民学校はまた小学校となり、担任の先生はぼくたちに日記や作文や詩を書くことを奨励しましたが、俳句まではいかなかった。中学になっても国語の時間に俳句を教わることはなかったと思います。ただし、ぼくは中学時代から似顔を描くのに夢中になって授業中に教師の顔ばかり描いていましたから、授業の内容が耳に入らない。俳句を教えられても気がつかなかったのかもしれません。

同じ人の顔を描くのでも、似顔絵はシリアスな肖像画と違って漫画的です。誇張して描くので、こちらにその気がなくても対象をからかっているように見える。評判のよくない教師を滑稽に描くと同級生に受けます。受けると嬉しいのでもっと面白く描いてやろうと思う。このエンターテインメント精神は母方の血筋を受け継いでいるんでしょうか。

似顔絵と同じ気分で楽しんだのがパロディです。パロディなんて言葉は子ども時代は知らなかったけれど、まず替え歌です。国民学校時代に「我は海の子白波の……」という歌を「我はノミの子シラミの子……」と歌ってた同級生がいました。「轟く轟く足音は……」で始まるのは子ども向けの「大東亜共栄圏」宣伝の歌です。その歌詞のおしまいは「揃う歩調だ　揃う歩調だ　足音だ」。これを「揃う包丁だ　揃う包丁だ　まな板だ」と歌ったやつもいました。彼らの創作ではなくて、どこかで聴いたのを歌っただけでしょうが、聴いててとても面白かったんです。当時の子どもたちが意図するはずはないけれど、結果的に反体制的な歌になってたんだなと、ずっと後に思いました。

そんなのを憶えてましたから、戦後東京の小学校ではフォスターの「おおスザンナ」や「草競馬」のメロディで同級生の仇名を織り込んだ歌を作って歌ったりしました。

国語の時間に詩を書かされる。提出するのは真面目に作りますがロクな詩はできません。提出する以外に「火星人の子どもが詩を作ったら」と考えて、想像で火星の風景の詩をいくつか作って詩集みたいに綴じたことがあります。残ってないんですが、うまい詩になったがどうかは別として、発想は小学生にしてはちょっとマセてますね。

中学でもそんなことをやったと思うけど、あまり記憶がなくて、高校になるとそんなことばかりやってたのをはっきり憶えています。「チェンジング・パートナーズ」という歌が流行ると、すぐ「カンニング・パートナーズ」という歌にしたり、「バイヤ・コン・ディオス」という歌が流行れば「パン屋混んでます」にしたり。パン屋の歌は学校内にパン屋が店を出していて、高校生はすぐ腹を減らしますから二時間目のあとの休み時間には満員になります。それを歌った歌。馬鹿馬鹿しいけど同級生に受けました。

高校の国語の教科書には「枕草紙」や「徒然草」が出てくるので、冒頭の部分をすぐパロディにしちゃう。教科書以外でも漱石の「草枕」の冒頭や宮沢賢治の「雨ニモマケズ」なんかもいい材料でした。

教科書には俳句のコーナーもあります。それで芭蕉やら一茶などの名句を少しばかり知ったわけですが、しからばガキの時分に俳句らしきものを作ったことを思い出して、またひとつやってみるか、とは思わずに、古典的名句のパロディをやって遊んだだけ。それを書いたノート（学習のためのノートですが、似顔とパロディで埋まってる）が残っているのでいくつか挙げます。

理化一点一点ほどのなさけなさ

迷答や首をひねりて夜もすがら
追試験みんないい点ほしげなり
実力の順位があがるあれさがる
パンが香にぐっと腹なる四時間目
できるとも見えで点とる男かな
休日や晴れて生徒のものがたり
大学やはかなき夢をあと三月《みつき》

当時のぼくら（ガリ勉でないグループ）の心情を描いているので、教室内では受けました。「大学や……あと三月」があるので三年の時だったとわかります。あの頃授業中に似顔を描いてるのを教師に見つかって「こんなことで大学はどうするつもりだ！」とよく怒られたものでした。「実力の順位」というのは実力テストの順位のことで、全校生徒の順位が廊下に貼り出される。ぼくはいつも最下位のほうにいましたから、それが全校にバレるのはあまり嬉しくなかったです。「理化」は理科の間違いではなく物理と化学。「パンが香」はさっきも書いた校内パン屋の話。「できるとも見えで」は、あまり成績のよくなさそうな同級生を俺より順位は下だろうと思ってたら「意外にできる、こん畜生」という句。いずれももと句がありますが、すぐ思い出せるものもあり、忘れちゃったものもあり。俳句に造詣が深い人ならみんなおわかりと思いますが。

そんなわけで何人もの先生に叱られ続けた中でただ一人、小沢郁郎さんという世界史の先生は別でした。世界史の試験の時、ほとんど答が書けなくてあきらめたので、余った時間の退屈しのぎに、答案用紙の裏に試験官（カンニング防止で見張っている教師）の似顔を書いて提出したんです。用紙が返ってきたら一〇〇点満点で四点。裏を見ると似顔のそばに赤インクで「おい、こんな答案じゃ何も書かないのと同じだ。何も書かなくてもこの絵に点をつけてやるから安心しろ」と書いてありました。このことがどれだけぼくを力づけてくれたかわかりません。

ある時小沢先生は、俳句をひとつぼくたちに示してくれました。

青葉若葉死に遠き子等のさんざめき

自身の句かほかの人の句かわかりません。黒板に書いたのか紙に書いたのか忘れちゃったし、この句をぼくたちに示した意図もわからないのですが、印象深くて句そのものはよく憶えているんです。

小沢先生は若い頃、船乗りに憧れて商船学校に入りました。ところが太平洋戦争勃発。小沢少年（もう青年かな）たちを乗せた練習船が海軍に編入されたので、彼らも戦闘に巻き込まれた。それで死んだ同級生もたくさんいる。船が沈められて海上を漂流していた時に、すぐそばで鮫に食われた仲間もいる。そんな体験ののち、戦後東大に入って世界史を学んだ、という人。教師になってからぼくたち若い生徒と向かいあったことで、何度も死に直面したことを思い出して自分の心情と重ねたのが青葉若葉の句だったのかもしれません。

教師としてはかなり異色で、煙草吸ってる生徒を見つけると「ほかの先生にバレないように吸えよ」なんて言う。無頼派と言いますかね。ニックネームも「悪党」で、「食パン」（髪形を含む顔の輪郭から）とか「デベソ」（出来の悪い生徒に発する言葉が自分の仇名になった）

とか「食人鬼」（ジキニンキと読む。小泉八雲の怪談に出てくる怪物）などの仇名をつけられた先生たちの中で、やはり異色です。本人も知っていたらしいけど、嫌がってはいない様子でした。ぼくたちとしても賞讃の気持を込めてつけた仇名ですからね。

そんな先生だから人気もあって、ガリ勉の生徒は別として、夜になると友だち感覚で小沢さんの下宿に遊びに行く連中もいたんです。ぼくもときどき一緒に行きました。先生はまだ独身で、散らかしっぱなしの狭い部屋に一人で住んでる。そこへ数人が押しかけるから部屋はいっぱい。先生は嬉しそうにビールなんか出してくれる。こちらは高校生で未成年ですけど、そこは「悪党」だから構やしない。酒盛りになっちゃう。そこでは商船学校時代の思い出や、教室では教えない世界史の中の滑稽なエピソードなどを話してくれる。

ある夜は先生が突然、

面影の似たる女に会いし夜は

と言いました。そして「さあどう付ける」ときくんですね。高校生一同何のことかわからなくてぽかんとしてます。今なら連句だと見当がつくんですが、当時はそんなもの知りません。すると先生は「膝小僧抱えて寝ちゃった、というんじゃ情けないだろ。そういう時はな」

廓をあげて騒ぐ寂しさ

「こういうのがいいんだ」。一同まだぽかんとしてる。ぼくは一同の中でもいちばんこの手の情景にうといオクテだったので理解不能の世界ではあったのですが、メモもしてないのに今こうして書いてるんだから一字一句頭にはしっかりインプットされていたわけで、これは内容とか情景とかではなくて、五・七・五・七・七のリズムが心に響いたんじゃないかと思います。

小沢先生は戦争中の体験を「破魂」という題名の小説にしました。ぼくらの高校卒業直前のこと。下宿を訪ねる生徒、ぼくを含む二、三人に原稿用紙に万年筆書きの原稿を読ませてくれました。高校生の評価ですから当てにはなりませんが、なかなかの出来だと思ったのでぼくが「本にしたらいいね」と言うと「出版社に知り合いはいねえからなあ」と先生。生徒と先生の会話とは思えないけど、小沢先生に限ってはこんなふうだったんです。

それから歳月は流れて、ぼくはグラフィックデザイナー兼イラストレーターになっていたある日、小沢先生から電話がかかってきました。二十年ぶりです。

「俺の小説読んでくれたことあったよなあ」「ありますよ」（この時はぼくも大人になってますから昔の先生には丁寧語です）「新潮社があれを出してくれるんだってよ。装丁頼めるかい」「いいですよ。やらせてください。『破魂』でしたよね」「それがなあ、編集部があの題じゃ売れねえって言うんだ。それで『青春の砦』って題に変えられちゃったんだ」「『破魂』のほうがいいのにねえ」（もう昔に戻ってる）「俺もそう思うんだけど、プロの言うことだからしょうがねえんだ。その題で頼むよ」「はいはい」とまあ、こんな会話でした。本当にぼくの装丁で出版されて、売れゆきは知らないけれど、まもなく舞台劇化もされて、昔の生徒が装丁したことと合わせて先生は喜んでいましたが、小説は大谷直人のペンネームで発表されたのにぼくが新潮社の「波」に依頼されて先生との関係についての原稿を書いた時、小沢さんの本名を明かしてしまったので「余計なことをしやがって」と怒られました。学校には伏せておきたかったらしい。

その後亡くなりましたが、思い出深い先生です。

さて高校を卒業して多摩美術大学に進学。美大を選んだのは絵が好きだからですが、あまりにも勉強ができなかったので一般の大学はとても無理、ということが歴然としていたからでもあります。それに関しては高校の美術の先生に「美大に行きたいのなら芸大しかないが、芸大を受けるのは絵画塾に通ってしっかり勉強してからでないと無理だ」と言われたので、はなから芸大はあきらめて、多摩美を受けました。

絵が好きだと言ってもぼくが描いてたのは漫画と似顔だけ。まともな風景画とか静物画なんか描いたことがない。高校のクラブ活動として美術部があったけど入ろうともしませんでした。多摩美にも筆記テストと実技テストがあって、どっちも自信がありません。でも当時は美大なら芸大、という観念が定着していたために多摩美の受験率は低かったらしく、どうにか入学できたんです。今は多摩美も狭き門だそうですが。

専攻は図案科。今はデザイン科と言ってますね。当時はグラフィックデザインという言葉も一般的ではなく、商業美術。イラストレーションという言葉も知る人ぞ知る、という時代です。図案科を選んだのは高校二年の時に見た「世界のポスター展」で、「ポスターを作る人」に憧れたからなんです。

四年間デザインを学びましたが、デザイン教育は黎明期で、二年生の時などは担当教授がどういうわけかモダンアートの画家。自由課題の時にマザー・グースの詩に絵をつけて提出したら、「こんな文学的なことをやってたんじゃしょうがねえなあ」と言われてムッとして、「こんな教授じゃしょうがねえなあ」と、学校の課題とは関係なく、スケッチブックに詩につけた絵を勝手に描いていました。

選んだのは草野心平の蛙の詩が多かったですが、絵が描きたくなる詩を探すためにずいぶん詩集を読みました。萩原朔太郎、西脇順三郎、中原中也、室生犀星……。絵にするために同じ詩を繰り返し読むから、かなりの詩を暗誦してました。中也の「お道化うた」とか、中勘助の「貝殻追放」とか、長い詩なのに今でもほとんど憶えてます。

俳句にも目が行ったはずなんですが、絵をつけるという目的からすると俳句は向かないのでパスしていました。絵をつけることはできますよ。できるけれども「古池や蛙とびこむ水の音」の文字のそばに、池に蛙がとびこんでる絵を描いても何だか馬鹿らしくないですか。つまり、俳句は十七文字の中にしっかり情景が描かれてる。写生句に限らず何かが描写されています。それに絵をつけると「屋上屋」という感じがするんですね。詩はそうじゃないのかと言われると反論はむずかしいし、俳句も詩の形式の一つではあるわけだけれども、ちょっと別なんだなあ、ぼくにとっては。ですから俳句に絵をつけたことはないんです。

多摩美卒業後はグラフィックデザイナーとしてデザイン会社ライトパブリシティに就職したのですが、絵が描けますからイラストレーターも兼ねました。日本でもイラストレーションとかイラストレーターという言葉が認識され始めた時期で、新しい業種として注目されると同時に競争相手が少ないから、まあラッキーな出発だったんです。

社会人になって四年ほど経って東京オリンピックが近づいた頃、矢崎泰久という人が会社に訪ねて来ました。それまでに何度かＰＲ誌の挿絵をぼくに依頼してくれた女性編集者の紹介だと言って。あとで聞くとその編集者は「紹介してもいいけど若いくせにナマイキな男だからすぐ喧嘩になるわよ」と言い、矢崎さんは「そういう奴のほうが面白そうだから会ってみよう」ということになったんだそうです。ぼく自身はまだ社会人になりたてでナマイキな言動はしてなかったと思うんですが、親父のＤＮＡのせいか頑固なところを彼女に見られていたのかもしれません。

矢崎さんの自己紹介によると「父親は戦前、文藝春秋社の編集者だったが独立して出版社を作り、いい雑誌を出していたが戦後の混乱期にカストリ雑誌を手がけた。その父親が最近病気で倒れた。自分は新聞記者だが辞めて会社のあとを継ぐことになった。しかしカストリ雑誌を続ける気はない。オリンピックをきっかけに日本の観光が活発化するだろうから、とりあえず立ち上がりとしては日本を紹介する雑誌を作りたいと思っている」ということでした。それで「ヴィジュアルなものにしたいので、デザイン面で協力してくれる人を求めている。やってくれないか」と。

「やってみましょう」とぼくは言いました。会社でやっていたのは主に広告のデザインです。それも面白いのですが、雑誌のデザインにも興味があります。それに「雑誌はヴィジュアルが大事」というのは今なら当たり前のことだけれど、当時はそういう発想から始めることはほとんどなく、「デザインのいい雑誌がない」とぼくは常々思っていたんです。

それでその雑誌「レジャーライフ」略して「エルエル」のテスト版を作ることになりました。雑誌に入れる広告が必要なので企業各社にPRするためのダミーです。デザインで協力すると言ったって素材をどうする、写真は？　絵は？　という話になります。矢崎さんは「昔の同級生にカメラマンが一人いるから彼に写真を頼む。俺は新聞記者だったんでほかの人は知らない」と言う。それなら、とぼくはイラストレーター仲間の横尾忠則、ぼくが勤めてる会社にちょっとあとから入ってきたカメラマンの篠山紀信に協力を頼みました。錚々《そうそう》たるメンバーを集めたようだけど、ぼくも彼らも当時はみんな新人です。仲間うちでは知ってても世間では無名。

彼らの協力を得てテスト版ができました。白いページの多いものだったけど、きれいに仕上がってます。ところがこの雑誌は実現しませんでした。あるホテルチェーンの社長が「そういう雑誌ならうちのすべてのホテルの全室に置くから、その部数買いとろう」と矢崎さんと約束していたのに急に気が変わったということでした。資金もなく贅沢な雑誌を作ろうとしたので、そういう後ろ楯が必要だった。その梯子をはずされちゃった、というわけです。

で、その話はそれっきり。ぼくらにもギャラは出ない。ということで一年ほど過ぎました。ぼくはＮＨＫの「みんなのうた」のアニメーションを一回目からときどきやってたんです。当時内幸町にあったＮＨＫの片隅で絵を切り抜いて少し動かしてはひとコマずつ撮る手作りアニメです。ＮＨＫの向かい側に矢崎さんの会社、日本社がありました。ある日「みんなのうた」を作った帰りにふらりと日本社に寄って「久しぶり」なんて矢崎さんと少ししゃべって帰ってきたんですが、それからしばらく経って呼び出されて、ライトの近くの喫茶店で会いました。

矢崎さんは「今度はまったく違う小さな判形の総合雑誌を出したくなって、また協力してほしかったんだけど『エルエル』で迷惑かけたから怒ってると思って言い出せなかった。でもこの間会社に来た様子を見ると怒ってなさそうだったので、改めて頼みたい。どう？」と言う。ぼくは会社の仕事がかなり忙しくなってるし、どうかなあとは思ったけれど、雑誌に関わることにはまた心が動いたので引き受けました。

その日だったか後日だったかギャラの話になって、矢崎さんに値段を聞かれたので、いくらと言ったか忘れたけれど数字を出して「これじゃ払えないでしょ」と言ったら矢崎さんは「馬鹿にするなよ、そのくらい払えるよ」。ぼく「一ページの値段だよ」「ええっ。それじゃ無理だよ」。高度経済成長の始まっている時期でした。各企業がPR誌に金をかけていて、依頼されるデザイナーもいいギャラをとっていたらしい。彼らのデザイン料は一ページいくらだ、といった噂を聞いていたから、その値段を言ってみたんです。無理だと言われるのはわかってました。それで「ならいいです。ギャラはいらない。その代り編集に口を出させてくれる?」と言ってみた。それで決まり。

その日から雑誌「話の特集」との本格的なつき合いが始まりました。肩書はつかなかったけど、とりあえずアート・ディレクターですね。その立場でイラストレーションは横尾忠則、宇野亜喜良、山下勇三、といった人たちに依頼。写真は立木義浩と篠山紀信。表紙は横尾ちゃんに頼もう、とぼくが言ったら矢崎さんは困ったような顔をしました。すでに別の人に依頼してあったんです。でも「編集に口を出させる」と約束しちゃったから仕方がないと、その人のところへ断りに行ったそうです。

雑誌の挿絵はいわゆる「挿絵画家」が牛耳っていた時代でしたが、全部イラストレーターにお願いしました。「話の特集」で初めて小説の挿絵を描いたというイラストレーターも多いはずです。

写真はタッちゃんとシノ(立木義浩と篠山紀信のこと。親しい仲間はそう呼んでました。横尾忠則を横尾ちゃんと呼ぶのも同じ理由)の紹介で、彼らと交友関係のある優秀な同世代のカメラマン数人に加わってもらいました。

ヴィジュアル関係はぼくの守備範囲ですが、書き手方面にも大いに口を出したんです。まず永六輔さんに文章を頼もうと言いました。矢崎さんはすぐ永さんの事務所に連絡をとりましたが、永さんは作詞家として放送作家として多忙を極めていて本人と直接話ができず、事務所の返事はノー。何号か出たあとにやっと矢崎さんが本人と連絡をつけて話をしたら、「いい雑誌なので頼んでくれないかなと思ってた」とのこと。事務所はこれ以上多忙にさせたくないと本人の意思をきかずにノーと言ってたらしいです。永さんはすぐに常連執筆者となり、「芸人その世界」ほか何冊もの単行本にまとめられるほどの長期連載をしました。

そんな縁があって親しくしてくれた永さんは、小沢昭一さん、黒柳徹子さん、渥美清さんといった方たちをぼくに紹介してくれました。小沢さん、黒柳さんもやがて「話の特集」の常連執筆者になります。

創刊号のはさみ込み読者カードに感想を書いて返信してくれた読者の中に、植草甚一さんがいました。感想を要約すると「第一に表紙がよく、執筆者がフレッシュで、レイアウトもいい。創刊号でこれだけいったのは珍しい。さらによくなると期待している」ということで、驚くやら嬉しいやら。ぼくはすでに植草さんを個人的に存じあげていました。英米文学に強い映画評論家でしたが、その頃はモダンジャズに惚れ込んで書いたジャズ論が若者の人気を集めていた。その上にアメリカのサブカルチャーについての文章が面白く、ブレイクする寸前の時期でした。ぼくは興奮して「すぐ植草さんに連絡して！」と叫んで植草さんの連載が始まりました。

草森紳一とはタッちゃんの家で初対面。気が合って、すぐ「紳ちゃん」「マコちゃん」と呼び合うようになります。彼の専門は中国文学や中国文化だけど、写真評論や漫画評論もやっていましたから、常連執筆者に加わってもらいました。

というふうに、約束通りぼくは口を出しましたが、もちろん編集長の矢崎さんは執筆者獲得に大わらわです。未知の人でもこれはと思えばどんどん電話する。手紙を書く。小松左京、野坂昭如、栗田勇、寺山修司、井上ひさし、といった方々をくどいて常連にしたのも矢崎さん。ほかにも一回だけの読み切り短篇小説を依頼したたくさんの作家がいます。ぼくはそれらの小説をナマ原稿で読んで（当時はパソコンもワープロもなかった）、その挿絵にふさわしいと思うイラストレーターに依頼する。

レイアウトはおよそのフォーマットを決めておけば、あとは編集部でやってくれると思ったんだけれど、そうはいかなかった。数少ない編集部員が作家の家に原稿を取りに行くと、できてなくて徹夜で待っていたりするので手のあいた部員がいなくなっちゃう。仕方なくぼくが割付から写植の貼り込みまでやることになります。

　ぼくはデザイン会社勤めでしたから会社でめいっぱい仕事してます。「話の特集」のためのデザイン作業は夜になってから当時一人で住んでいたアパートの狭い部屋でやる。矢崎さんがそれを取りに来て「まだできてないの？　印刷所を待たせてるんだ」とか言う。「眠いよ。ゆうべ五時間しか寝てないから」とぼく。「人間三時間寝りゃ充分」と矢崎さん。時間が足りなくて、会社の勤務時間中に「話の特集」の割付をやってたりすると、後ろから社長が覗いて「何だい？　面白そうだね」なんて言うので冷汗をかいたりします。「編集に口を出す」という権利と引き換えに、ギャラなしでかなりの苦行を強いられました。

　それでもぼくは「話の特集」に恩義を感じています。あの雑誌を通じて知り合った人たち、親しくなった人たちが数多いし、ただイラストレーションを描いていただけでは望めない経験をさせてもらっていますから。

　編集長としての矢崎さんの功績はいろいろあるのですが、大きなことの一つは色川武大さんを表舞台に引っぱり出したことだと思います。色川さんは阿佐田哲也のペンネームで書いた麻雀小説で人気作家になって、そういう意味ではすでに表舞台に立っていたわけだけど、それよりずっと前に色川名義の小説が純文学として評価されていました。麻雀小説のヒットのおかげでそちらのほうが遠く霞の彼方のようになっていた。矢崎さんは阿佐田さんに「色川武大として小説を書いてほしい」と依頼したんです。かなりしつこくくどいたらしい。やっと重い腰を上げて「怪しい来客簿」を連載しました。素晴らしい作品でしたね。泉鏡花文学賞を受けています。たちまち阿佐田哲也と併行して色川武大も人気作家になりました。「離婚」で直木賞、「百」で川端康成文学賞、「狂人日記」では読売文学賞（これは亡くなる年）、といった具合。でもエンターテインメントのほうも捨てずに書いていて、多忙をきわめたようです。

その色川さんをぼくに紹介したのが矢崎さん。「紹介するよ」と矢崎さんが言っても色川さんて何だか怖い人のような気がして「紹介しなくていいよ」とぼくは言ってたんだけど、ある日いきなりぼくの家に連れて来ちゃった。会って話してみると怖いどころか優しい穏やかな人でした。そしていろんなことを知ってる。文学と博奕に詳しいのは先刻承知ですが、映画や音楽にも詳しい。音楽も流行歌、ジャズ、ミュージカル、何でもＯＫ。それに野球、相撲をはじめスポーツ全般。中では映画と音楽がまあぼくのテリトリーですからその話題になると大いに話がはずみました。そちら方面はぼくもかなり自信がありましたが、ぼくより七つ年上、しかも子どもの頃から映画館にも劇場にも通っていたということで、ぼくの知らないことをいっぱい知ってて教えてくれる。ぼくのほうも「へえ、そんなことを知ってるの」と色川さんに言われるような発言も少しはできますから、すっかり意気投合して、連れて来た矢崎さんそっちのけで、長いことしゃべってました。

ということがあって、それから色川さんはときどき電話で「何々の映画がヴィデオになったけど持ってる？」とか「今夜銀座のまり花に誰々を連れて行くけど来ない？」とか言ってくれる。ぼくのほうも「16ミリの何々が入りました。見ますか」といった電話をします。矢崎さんは「何だよ、あんなにいやがってたくせに俺を通り越して親しくなっちゃって」なんて言ってました。

色川さんと知り合ったおかげ、という大事件は思ってもみなかった映画監督をやったこと。初対面の日、色川さんは「名刺代りに」と言って『阿佐田哲也麻雀小説自選集』という本を贈呈してくれたんですが、その中の「麻雀放浪記」を初めて読んでぶったまげました。その小説の存在は知ってたけれど、読んでなかった。遅まきながら「凄い小説だ」と思ったんです。

それからしばらくして角川春樹さんと飲みながらしゃべっていた時、角川さんに「和田さんはいろんなことをやるけど、ほかにもやってみたいことがありますか」ときかれました。ぼくはデザイナー兼イラストレーターとして角川書店の本の装丁や雑誌のイラストレーションの依頼に応えてたほかに、角川文庫のテレビCMのアニメーションを作ったり、それに音楽をつけたりしてたので「ほかにやってみたいことは」ときかれたんでしょう。

ぼくは咄嗟に「映画のシナリオ」と言ったんですね。「題材は？」「麻雀放浪記」。そしたら「すぐ書いてください」って言われた。びっくりしました。ぼくは出版社の社長とイラストレーターの関係での世間話のつもりだったんだけど、角川さんは角川映画の社長で映画プロデューサーでもあったことを忘れてた。

たまたま「麻雀放浪記」が角川文庫に入るところだったそうです。しかも角川映画は角川書店の出版物のみ映画化していた。絶妙なタイミングでした。

ぼくは常日頃シナリオを書きたいと望んでたわけじゃなく、「麻雀放浪記」を読んで「映画にしたら面白いな」と思って、色川さんに「映画化の話はないんですか」ときいたら「何度もあったけど、シナリオを読むとぜんぶ時代を現代に置き換えてるんだ。終戦直後じゃないと成り立たない話なのにね」。で、すべてお断りしていると。ぼくは「そりゃそうだ。俺がシナリオを書くんだったら時代設定は絶対変えないもの」と口には出さなかったけど、思ったんです。それが角川さんとの会話の中で飛び出しちゃった。

シナリオを書くに当たってまず原稿用紙を作りました。普通の原稿用紙のサイズで升目は小さく下半分に八百字書けるやつ。上半分が空白ですから、書きながらこのシーンは人物はこう配置して構図はこんなふうに、と絵を描いていったんです。シナリオと絵コンテを同時に進行させたようなものですね。完成したそのシナリオを見た角川さんは「この通り撮る監督はいないよ。こんなにイメージがはっきりしてるのなら自分で監督するしかない。やりますか」と言ってくれた。これもびっくりです。ぼくは中学時代からの映画ファンだけど、映画を作る側に回ろうなんて考えたことはこれっぽっちもありませんでした。「とんでもない、そんなことできません」と言いそうになりましたが、好奇心も働いたので「ちょっと考えさせてください」

一週間考えて「やります」と返事しました。何を考えたかというと、ファンではあっても映画の現場を知らないぼくのようなド素人が、大勢のスタッフ、キャストを動かすことができるだろうかということ。「やります」と言ったのは、ぼくに映画監督をやってみないかなんて言う人は二度と現われないだろう、もし断ったら一生後悔するんじゃないかと思ったから。

で、やってみると何とかできたんです。一流のスタッフが支えてくれたことが大きいんですが、もうひとつ、自分が意外に厚かましかった。打ち合わせの期間で撮影所とスタッフに溶け込めて、クランク・インしてからの現場で舞い上がることがなかった。非常に楽しい経験でした。それから十五年の間に四本の長篇映画を作りました。

映画監督に転向したわけじゃないので、この体験が人生を変えたとは言えませんが、性格が少し変わりました。いや、変わったんじゃなくて、ひそかに持っていた厚かましい性格に現場で気づいたために、それが表に出るようになったらしいんです。例えば友だちの結婚式とか、友だちにめでたいことがあった時の祝賀会などでスピーチをさせられるのが前もってわかると、その式やパーティには出なかった、というくらい引っ込み思案というか、人前で目立つことが嫌いだったのに、映画以後平気になっちゃった。

それと、映画関係の人たちと交遊が広がったのも嬉しいことでした。あ、映画のことを言い始めるとつい長くなっちゃう。俳句の話に戻さないといけませんが、ぼくと俳句の関係は「話の特集」抜きでは語れないんです。「話の特集」のことは矢崎さん抜きでは語れない。で、矢崎さん→色川さん→映画というふうになるんです。

映画を初めて作った時から十五年ほどさかのぼります。

その頃、正月になると仲間数人がみんな和服を着て一緒に初詣に出かけていました。仲間というのは「話の特集」に何らかの形で参加しているために、顔を合わせる機会が多くて、いつのまにか仲よくなった人たちです。

正確に何年のことだったか憶えていないんですが、六〇年代後半のある年の正月、例の仲間（と言ってもメンバーが決まってるわけでもない）が豊川稲荷で初詣をすませて、帰りにみんなで矢崎さんのお宅に寄りました。矢崎さんは麻雀の大家ではありますが酒を飲まない人なので酒盛りにはなりません。メンバーが麻雀向きではなかったのか麻雀にもならなかった。その日のメンバーは矢崎さん、永六輔さん、草森紳ちゃん、ぼく、そこまでは確かだけれど、あとは記憶がおぼろで、八木正生さんがいたような気もするし、ほかに二人ほどいたかなあ、そんな感じ。

酒も飲まない、麻雀もしない、じゃあ何をしようか、せっかく全員和服なんだから和服に似合うことをしよう、和服に似合うことって何だ、このメンバーで羽根つきでもないし、かるたでもないし。そこで誰かが（ぼくだったかもしれない）「俳句を作るってのは？」と言ったんです。

「じゃあそうしようか」ということになったんだけど、その時点で俳句をたしなむ人はいなかったと思います。

矢崎さんは新聞記者あがりだから文章を書くことには慣れてるだろうけど俳句とは縁がない。永さんは作詞家として有名だし、俳句の心得もありそうだけど普段俳句を詠んでいるとはきいてなかった。紳ちゃんは中国通というか中国専門の人だから漢詩には詳しい筈だけど、俳句とのつながりは不明です。ぼくは子ども時代の「葱坊主」だけですから問題外。八木正生さんは一流のジャズピアニストで、作・編曲家でもありまして、映画音楽でも活躍してました。文章については知らなかったんだけど、当時擡頭《たいとう》してきた東映やくざ映画についてそれに映画音楽をつけた人として「話の特集」に書いてもらったことがあります。当時は「やくざ映画なんて」と一段低く見られがちだったのを、偏見のない目で見たやくざ映画論になっていて、なかなかよかった。ぼくの知る限りではやくざ映画に光を当てた最初の映画論です。のちにジャズについてのエッセイを連載することになるのですが、俳句とは遠かった。

五・七・五という形式はわかっていても季語についての知識もない、そんな連中がその場で何句ずつか作りました。何句作ったのか、季語は正月らしいものを選んだとは思うけど、それが何だったのか、誰がどう詠んで、誰の句の評判がよかったのか、記録がないのでぜんぜんわかりません。ただ漠然と、その日の午後に楽しいひとときがあったという記憶だけが残っているんです。

それから一年後か二年後か忘れちゃったけれど、雑誌の打ち合わせでよく顔を合わせている矢崎さんとぼくが俳句を作った正月のことを思い出して、「あれは楽しかった」「ああいうことをまたやりたいね」という話をしました。そこで矢崎さんが「よし。うちの執筆者に声をかけてメンバーを集めよう。集まったらどこか場所を借りて句会をやってみよう」と言ったのが「話の特集句会」の始まりです。

正月に集まった連中は当然声をかけられてメンバーに加わります。ただし誰も句会のしきたりを知らない。ところがそれより少し前に「東京やなぎ句会」というのが発足していました。入船亭扇橋さんを宗匠として、柳家小三治さん、桂米朝さん、そういう落語家さんたちとゆかりのある文筆家数人。小沢昭一さん。そちらにも名を連ねているのが永六輔さん。で、永さんが「やなぎ句会」におけるやり方を「話の特集句会」に導入してくれて、その上に小沢昭一さんを誘ってくれました。つまり永さん小沢さんは両句会をまたにかけることになります。

ぼくはイラストレーター仲間の灘本唯人さん、山下勇三君、山口はるみさん、矢吹申彦君に声をかけました。女性が少ないというので永さんが岸田今日子さんに声をかけて、今日子さんが友だちの冨士眞奈美さんを誘った。というふうにメンバーも揃い、句会の形がととのってきました。

句会の式次第は幹事が題を出す。それを詠みこんだ句を時間内に作って投句する。書記が投句された句を題ごとの紙に書き移す。それを回し読みして、それぞれが八句ずつ選び、さらに天、地、人、五客とランクをつけて用紙に書く。天の句は短冊に書いて発表時に作者に贈る。順番に読み上げて発表し、読まれた人は俳号を言って「自分だ」と表明する。書記がトータルの点数を発表、順位が決まる。

数多い句会それぞれでやり方の違いはあるでしょうが、ぼくたちはこの「やなぎ句会」

方式で始めました。「やなぎ句会方式」と言ったって「やなぎ句会」もしかるべき句会のやり方を踏襲しているのだろうと思うけど。

始める前にそれぞれ俳号を決めないといけない。これがぼくには意外に難事業でした。小沢さんの俳号は「変哲」。いわれは聞いていませんが「何の変哲もない」からきているんでしょうか。永さんは当時並木橋に住んでいたので「並木橋」。どちらもヒントにならず、結局少し前に好きだった水前寺清子の「いっぽんどっこの唄」「どうどうどっこの唄」から「独鈷」というのをいただきました。ドッコともトッコとも読むそうです。マコトの中の二字が入ってる。仏教で使う小型のバーベルみたいなやつで、これで煩悩を砕くらしい。ただしそんな意味はあとから知ったことで、ただ大急ぎで決めただけなんですが。

矢崎さんは「華得」にしました。「カトク」と読みます。「話の特集」を縮めて「ハナトク」と呼ぶ人がいるところから、「ハナトク」のハナに華を当てた俳号。みなさんユニークな俳号を考えて、「話の特集句会」が発足しました。

四十年も昔の話です。第一回句会に集ったのは十五人ほどだったと思うんだけど、顔ぶれを正確には思い出せません。

句会発足の頃、メンバーとして「話の特集」の執筆者（画家、写真家を含む）を誘うことになっていたので、矢崎さんは寺山修司にも声をかけました。そしたら寺山は「俺を誘っていいの？　俺は学生の頃、ひと晩に百以上の句を作った男だよ」と冗談とも本気ともつかない返答をしました。ぼくは寺山とかなり前からの知り合いで、彼が学生時代から短歌の才能を認められていたことを知ってたし、一九六〇年頃に寺山の第二歌集「血と麦」の造本・装丁や、劇団四季のために書きおろした戯曲「血は立ったまま眠っている」のポスターをやったこともあって、彼の才能はよくわかっていたので、偉そうに言うのも無理はないと思ったんです。矢崎さんもしつこく誘うことはしませんでした。

どうして彼と知り合ったかという話は多摩美時代にさかのぼります。多摩美の四年だったかな。ある日の午後、ぼくも父親も家にいたから土曜か日曜だったんでしょう。ぼくが自分の部屋にいると親父に呼ばれました。青年が玄関のあたりで帰ろうとしているところ。ぼくは学校の課題をやっていたか何かで客が来ていることに気がついていなかった。親父が「この人は寺山君といって、早稲田の学生で、お前と年も学年も同じくらいだ。友だちになってもいいだろう」と紹介したのが寺山修司だったわけ。

彼は「新宿の風月堂で詩画展をやってるから見に来てください」と案内はがきをぼくに渡して帰りました。

親父の説明によると「彼は学生だけど詩を書き、短歌を作っていて、そっち方面は評価されていて発表の場がある。今度はラジオドラマを書いた。それを見てもらいたいと言って訪ねて来たんだ」ということでした。前に記したように親父はラジオドラマの演出家としてそちらの世界では知られていた。寺山は自作を見せて批評してもらいたかったのか、台本を使ってくれと売り込みに来たのか、そのへんのことはわかりません。読んだ親父がどんな感想を持ったかも聞かずじまいになってしまいました。

風月堂の詩画展は見に行きました。その日寺山はいませんでしたが、芳名帳に名前を書いておいたせいか、彼はその後たまに電話をかけてきました。会って話そう、というふうにはならなかったけれど、ぼくが多摩美を卒業してプロとして仕事を始めてからは、割合ひんぱんに電話がかかってきた。仕事の依頼で。彼は文筆家として忙しくなっていたんですね。街のルポをやるから挿絵を描いてくれ、といった依頼です。映画のシナリオを書いたからタイトルデザインをやって、というのもあったし、結婚するから挨拶状に絵を描いてくれとか、引っ越しするから通知状を頼むとか。

親父は彼とぼくが同い年だと思ったらしいけど、実際は彼が一つ上です。でも彼は病気で長く入院していたことがあるので、もしかしたらわが家に来た時の学年はぼくと一緒だったかもしれません。

ぼくは偉そうに寺山と書いていますが、初対面で同学年という印象を持ったので、実際の同級生を呼び捨てにするような気分が続いているんです。彼はぼくを「マコちゃん」と呼んでいました。同じようにするなら「修ちゃん」と呼べばいいのですが、それは何となく言いにくい。でも「寺山さん」とは言いたくない。「君」と呼ぶのは生意気だし、「あなた」は変です。面と向かって呼び捨てにするのも申し訳ないので、彼に「マコちゃん、どう思う?」と言われて「さあ。寺山修司としては?」と応えるみたいになっていました。文豪でも「夏目漱石の小説は……」と呼び捨てにするのはおかしくないけど「夏目の小説は……」とはあまり言わない。そんな感覚です。

句会の初期のメンバーには友竹正則さんもいました。本業はクラシックの歌手だけど、友竹辰と名乗る詩人でもあった。「話の特集」に食に関するエッセイを連載していたグルメでもありました。コピーライターの土屋耕一さんもいた。土屋さんはその頃すでに名コピーライターとして知られていました。広告のコピー、特にキャッチフレーズに語呂合わせなどのユーモアを盛り込む先駆者でもあって、「話の特集」では言葉遊びについて実作入りのエッセイを連載していました。友竹さんも土屋さんも残念ながら今は故人です。

少したって黒柳徹子さん、中山千夏さん、下重暁子さんが加わりました。

山本直純さん、中村八大さん、色川武大さん、といった方々が顔を見せていた時期もあって、もう多士済々。

吉永小百合さんが参加されてたこともあります。小百合さんは清純派として知られた女優さんですが、プライヴェートでは乗馬をこなしスキーも上手なスポーツウーマンです。高い所に登るのもへっちゃら、車を運転すれば安全運転よりぶっ飛ばすほうが好き。好きなラグビーを観戦する時は贔屓チームを応援するのに蛮声を張り上げるという意外なお人柄。俳号は小百合ならぬ「鬼百合」でした。怖そうな俳号だけど「キ・ユ・リ」と読む。「胡瓜」ですね。そんなふうにユーモラスな面も兼ね備えていて、とても面白い。句会でもユニークな句を披露していましたが、結婚されて顔を見せなくなっちゃいました。

渥美清さんは寅さんシリーズたけなわの数年間、メンバーでした。俳号は「風天」。「フーテンの寅」のフーテンですが、漢字にすると風情がありますね。映画の中で寅さんがしみじみとつぶやくシーンのように、俳句の作風も何気ない言葉の中に観察力の鋭さを見せたり、ちょっとした侘しさを漂わせたりしてとてもいいんです。時として定型を無視するのもいい味になったりして。

釣堀誰もいなくて少し風吹く　風天

好きだからつよくぶつけた雪合戦　風天

こんなふうに書いてると亡くなった人が多いことに改めて気付いてぎょっとします。

話は脇道にそれますが思い出したことがありますのでちょっと。中学高校時代に似顔絵ばかり描いていたことは述べました。そのきっかけとなったのは小学校五年生の時。担任の柳内達雄先生のひと言でした（この話はすでに何度も書いたり話したりしていますから「またか」と顔をしかめる方もいらっしゃるでしょうが、ここを通らないと先へ進めないんです）。柳内先生は毎朝授業を始める前に、ちょっと話をされます。雑誌で読んだ興味深い記事であったり、立ち話の相手がしゃべった面白いエピソードであったり。その日は「今朝の新聞に載ってた政治漫画がよかった。説明はないのに絵だけで今の政治の様子がわかるんだ」。それだけでしたが、ぼくは家に帰るとすぐ新聞を見ました。朝日新聞第一面の漫画でした。大きなテーブルの三方に一人ずつ小さく政治家がいて、よく見ると一人が少しだけもう一人に寄っている。文字は「三党首会談」という題だけで説明はありません。でもこの三人の気は合ってないが、この人とこの人は多少近い関係にある、ということが五年生の子どもにもわかったんです。政治家の名前も政党の名前も知らないのに。

描いたのは清水崑。初めて知った名前です。ひとコマの「三党首会談」でぼくはたちまち崑さんのファンになりました。政治家を知らないのに描かれた人たちがよく似ているということが何となくわかった。それで似顔絵を描くということに興味を持ったんです。新聞の第一面を見たこともなかったぼくが、それから毎日第一面を見るようになりました。読むんじゃなくて、清水崑の政治漫画が載ってるかどうか確かめるために。載ってたら切り抜いてとっておく。そして真似して政治家の顔を描く。

小学生の時は崑さんが描いた絵を見ながらそっくりに描くというだけでしたが、中学生になるとそれじゃ面白くないことに気づきます。描く相手は自分で見つけなければと思う。とりあえず学校の先生が手近な対象です。ただし崑さんがその先生を描いてるわけじゃないからお手本がありません。自分の描き方で描くしかない。というわけで毎日学校に行くと先生の顔ばかり描いていて、勉強はどんどんできなくなった話に戻るんですが、その代りどうにか似顔が描けるようになって、今の仕事を始めてからも似顔がぼくの営業品目の一つになりました。つまり清水崑さんは手をとって教えてくれたのではないけれど、結果的にぼくの先生だったと言ってもいいんです。

ぼくが社会人になって何年目か、小学校を卒業してから二十年ほどたった頃、小学校のクラス会があって、久しぶりに柳内先生にお会いしました。その時先生に、ぼくは今イラストレーションを仕事にしていて、その中には似顔絵も入っています。ぼくが似顔に興味を持ったのは五年生の時、先生が清水崑の政治漫画について学校で話してくださったおかげなんです。というようなことを言いました。先生は「へえ。俺そんなこと言ったっけ」なんて仰言ってましたが、毎日毎日アドリブで話すことですから、いちいち憶えてないのは当然です。

でもその日にぼくが言ったことは憶えていてくれました。数か月後のある日、先生から電話がかかって「清水崑さんと対談してみるか」と言うんです。先生は教員を退いて、その頃はいくつかの児童向け雑誌の編集顧問のようなことをやっておられて、中のひとつ「ひろば」という雑誌にその対談を提案したら通ったということでした。

ぼくはもちろんOKです。それが実現して、当日はすいぶん緊張しました。子ども時代からの憧れの人との対談ですからね。対談がすむと、編集部が用意してあった色紙とマジックインクを二人に渡してお互いの似顔を描いてくれと言うんです。清水さんは「望むところだ」なんて剣豪が他流試合に挑むようなセリフを吐いていましたが、こちらはすでに緊張してるのに、その道の大先生を前にして、その場で描くなんて滅相もない。冷汗かきながら鉛筆で下描きするけどうまくいかないんです。ところが大先生のほうもしばらくぼくの顔と色紙と交互に視線を送っていましたが、ぼくの緊張がうつったのか「どうも今日はうまくいかないなあ」なんて仰言って、結局それぞれ持ち帰って後日仕上げる、ということになりました。

この対談の直後に、ぼくの初めての似顔絵集『ＰＥＯＰＬＥ』が出版されたので、すぐ崑先生に送ったところ、まもなく葉書をいただきました。いくつかの表現で褒め言葉が並んでいて、その中の一つは「これは新大陸発見です」。読んで天にも昇る心地でしたね。返事をいただくとしても大先生の感想は「もう少し頑張ればよくなる」といった感じのものしか予想できませんでしたから。

そして葉書のおしまいに俳句が記されていました。

満目の紅葉どんぐりの落ちる音　狐音

「狐音」に「コオン」と振仮名がついていました。崑さんのコンと狐の啼き声コンをくっつけた俳号ですね。

この俳句はもしかしたらぼくの本に対する批評になっているのかな、と考えましたがよくわかりません。「紅葉」と「どんぐり」は季重ねになるんじゃないか、なんて思ったのはずっと後のこと。初めてこの葉書を手にとった時は一字一字に感激していて、疑問めいたことが頭に浮かぶ余地はありませんでした。

「話の特集句会」に話を戻します。四十年もの間には新しく参加する人もいるし、亡くなった人もやめた人もいるし、やめる人の中には自ら宗匠となって自分の句会を作る人もいる。メンバー一定の「やなぎ句会」とはかなり違います。

ぼくは「葱坊主」ほか数句以外、高校時代のパロディ句を別として、「話の特集句会」発足まで俳句とは縁がなかったのですが、発足以後はできるだけ出席するようにしています。楽しいから欠席するのは勿体ないんです。ただし一向に上達しません。

まあわれわれの句会は本格的な結社とは違いますから、宗匠はいないし、切磋琢磨して句作に励む、ということはあまりない。どんどん上達して、よその句会に他流試合に行く人もいるし、二つ三つの句会に定連となっている人もいますが、そういう人たちも含めて多くは句作そのものより句作の前後のおしゃべりが楽しくて出席しているような気がします。もちろんぼくもその一人。ちょっと参加してすぐやめた人は「もっと真面目に俳句に取り組もうと思って入ったのに、これじゃあ……」と思ったのかもしれません。

そうは言いながらも、コンスタントに句会に出席していると毎月三句ずつ作っているわけですから、これだけの年月の間に詠んだ句の数だけはかなりになります。

ということをどこで聞きつけたのか、梧葉出版の本間眞人さんが「句集を出しませんか」って言ってくれたんです。本間さんはぼくが「野性時代」の仕事をよくやっていた頃の編集担当だったので顔馴染。角川書店を退社してから詩、短歌、俳句などを中心とする梧葉出版という出版社を興しました。

彼の申し出は嬉しかったけれど、ぼくのはまったく自己流のド素人俳句ですから、句集を作ろうなんて考えたこともありません。それで「ぼくの句集なんか出したら梧葉出版の看板にキズがつくからやめたほうがいいと思うよ」と言いました。ところが本間さんは「大丈夫」と言う。「ぼくの句を見てないのに大丈夫と言うのは甘い。見てから判断してちょうだい」と二十句ほど書いて見せると、まだ「大丈夫」。ぼくは「あなたの判断だけじゃ心もとない。句集を出してる出版社なら本物の俳人をたくさん知ってるでしょ。その人たちにマルバツをつけてもらって。バツが多かったらこの話はなし」とさらにたくさんの句を書いて渡しました。

やがて何人かの専門家からの採点表が届きました。人によって評価はまちまちです。ある人が二重マルをつけた句にある人はバツをつけてる。「話の特集句会」でも誰も読み上げない句を一人だけが「天」にするということもよくありますから、好みは人さまざまということが俳句にもあてはまることはわかっていて、驚くことはないんですが。
結果は思ったよりバツが少なかったんです。俳句の世界には優しい人が多いんですね。それでまあ合格したので句集を作ることになって、題名を「白い嘘」にしました。白い嘘は英語でホワイト・ライ。「他愛もない嘘」という意味です。

春光や家なき人も物を干す

というのは実際に見た風景ですが、

春寒や取り壊されし富士見荘

は見た風景じゃありません。富士見荘という名のアパートはよくありますが、古くなって取り壊されたのは想像上の出来事です。嘘ばっかり。

ひとだまの明るさのもと月見草

なんてのは真っ赤な嘘ですね。白い嘘どころじゃない。

という具合で正調の写生句より頭の中で作り上げた風景やら事柄を五・七・五にしたものがほとんどです。それで自然にこんな題名になりました。

本の構成は正調句集なら「春」「夏」「秋」「冬」「新年」という章立てにするのでしょうが、ぼくのはもともと破調ですからテーマで分けることにしました。まず日常の風景。イラストレーター仲間で句友でもある矢吹申彦君がある時期「一日一句」をやっている、つまり毎日一句ずつ作ってるというので、ぼくもすぐ真似をしてそれをやったんです。この場合は毎日嘘ばっかりつくのはくたびれますから、きちんと目にしたことを詠む。家なき人が物を干してるのはその中の一句です。しかしながら毎日一句詠むというのはなかなか大変でした。すんなりいく時もあるけれど、仕事の時間をつぶして苦吟するのもね。ぼくにとって俳句は文学的探究ではなくて遊びなんだから、と自ら言い訳をして、一年ほどでやめちゃった。

次は植物の句。その次は動物の句。そして子どもを詠む、あるいは子ども時代の回想。旅もしくは地名入りの句。歌舞音曲関係。食べ物。イメージだけの風景。

そんなふうにカテゴリーを分けました。そしてそれぞれに章題をつけました。日常の風景には「日記帖」。以下「花時計」「動物記」「子供達」「旅行鞄」「楽屋口」「食味録」「遠眼鏡」。漢字三字で統一したのは言葉遊び感覚でやったこと。そしてそれぞれの中に春・夏・秋・冬の小見出しをつける。邪道と言われようが、そんなことをして、「正しい句集とは違いますのでどうぞ大目に見てください」というメッセージを発信したわけです。

それぞれの章から一句ずつご紹介。

「日記帖」からは先ほどの「家なき人」の句。

「花時計」から、

花の名でしりとりをせむ苗木市

「動物記」から、

手の届きさうな夜空よ猫の恋

「子供達」から、

まだ暗き遠足の日の目覚めかな

「旅行鞄」から、

古墳まで続く小径や露時雨

「楽屋口」から、

書割の古井戸怖し夏芝居

「食味録」から、

町名は変はれど此処の櫻餅

「遠眼鏡」から、

陽炎の中に家老と下郎ゐる

こんな具合です。立派なもんじゃありません。その代り本作りの体裁だけは「正しい句集」のようにしようと考えました。文字は今どきのフォントなんか使わない。昔ながらの活版印刷。自分がイラストレーターでも、挿絵を入れたりしない。装丁は自分でやりますが、カッコつけたデザインじゃなく句集らしい古風な落ち着いたものに。

奥付に記した発行日は平成十四年六月十日。普段のぼくは西暦を使っています。昭和生まれですから昭和には慣れてるんですが、平成になってからは今が平成何年なのか、すぐには言えません。大正何年というのもピンと来ないしね。西暦は二千年以上続いてるんで使い勝手がいいです。世界共通でもあるから例えば映画のことを書く場合〝昭和十四年製作の「風と共に去りぬ」〟よりも〝一九三九年製作の「風と共に去りぬ」〟のほうがいいし、〝シネマスコープの誕生は昭和二十九年〟よりも〝シネマスコープの誕生は一九五四年〟のほうがわかりやすいです。その線でいくと発行日も二〇〇二年六月十日になるんだけれど、俳句の本なら和風で統一するのが正調だろうなと考えたわけです。

そして完成。本を作るといつもはお世話になっている方々、友人たち、数十人に謹呈するのですが、句集に限ってはあまりそれをしませんでした。お付き合いの中で俳句に興味を持つ人がそれほど多いとも思えないし、第一素人の余技をお見せするのが恥かしい。句会のメンバーには今さら隠しだてしても仕方がないので送るとして、ほかは素人句集を送りつけられても迷惑がらずに受け取ってくれそうな方々に限定して送らせていただきました。

贈呈本の扉の前の白いページに直筆で一句書いたんです。直筆と言ったって毛筆じゃありません。万年筆。句はお一人ずつ、その人に宛てたオリジナルです。「変な本を送りつけてすみません。受け取っていただくお礼に一句作りました」という気持を込めたつもり。それと「句はあなた宛てでも、お名前を記していないので古本屋に売っちゃうことも気楽にできますよ」という言外のメッセージも。

「そんなに謙虚にならなくてもいいんじゃないの」と言われるかもしれませんが、画集や映画関係の本を出した時とはまったく違うへりくだった心理状態でした。映画の監督をした時はかなり厚かましかったし、句集を出すことだって厚かましいんですが、厚かましさの度合が低いわけです。

一方、本間さんは「本のＰＲを兼ねて出版記念会をしよう」と言います。ぼくは恥かしさが先に立つので、句集に関しては目立たず騒がず、そーっとしていたかったんですが、

「それじゃ本の存在が世に知られないじゃないか」と叱られました。出版社の立場としては当然の意見ですけど。

困っていたら、その時期にたまたま「山名文夫賞」を頂戴しました。山名さんは戦前から活躍されていたグラフィックデザイナーでありイラストレーターでもある方。その時代だと商業美術家であり挿絵画家でもある、という言い方になりますが。ですからぼくらの世界の大先輩。と同時にぼくの多摩美時代の教授でした。さきほど二年の時の教授がモダンアートの画家で云々と悪口を言いましたが、山名先生は三年四年の時の教授。資生堂の広告を中心にバリバリ仕事をされていた現役です。グラフィックを目指すぼくたちには願ってもない師匠だったんです。厳しいところもありましたが、現実に沿った教え方をしてくれて、この先生の批評にとても勇気づけられたことが何度かあります。ぼくにとって小学校時代の柳内先生、高校時代の小沢先生、大学時代の山名先生が三大恩師です。

山名先生はすでに亡くなっていましたが、その名を冠した賞を戴けるのはとても嬉しいことですから、同業の友人たちが記念パーティをしようと言ってくれた時もいやとは言いませんでした。ただし派手なやつじゃなく、招ぶ人数も控えめにと注文を出したところで本間さんの希望を思い出して、出版記念会も兼ねてもらうことにしました。

会場は独身時代からなじみだった中華料理店。名目は山名賞受賞パーティなので、お招びしたのは同業者ないしその周辺の人がほとんどです。句集の出版記念を兼ねたくせに句会のメンバーに声をかけるのを忘れちゃった。

パーティに来てくれたけど本は送ってなかった人もかなりいて、会場で本を差し上げました。そういう方にはその場で一人ずつオリジナル句を書きました。出席とわかってる人の句は考えておいたけど、そうでない人はアドリブで作らないといけない。本の中の句を一つ選んで書くという手もありますが、その人宛てに作るという方針を守りました。パーティが始まろうとしているので長考していられない。まあロクな句はできなかったと思いますが。

料理のうまい店だし、久しぶりの友人に会えたり、思いがけないゲストによるサプライズ・アトラクションがあったり、小ぢんまりしつつ楽しく、嬉しい一夜でした。けれど、ホテルの会場で派手に句集のお披露目を、という出版社の思惑とはずいぶん異るものになって、申し訳なかった、とも思っております。

ぼくとしては目立たずそーっと、というつもりでしたが、出版後はそれまで知らなかった俳句の雑誌が送られてきたり、俳句の雑誌から原稿依来がきたりしました。ぼくでは頼りにならないので、出版社が独自にＰＲに努めてくれたのでしょう。

Ⅱ

句集『白い嘘』に直接書いた句は特定のお一人に宛てているため、ほかの人が読むと意味不明のものがあります。あるいはごく平凡な句に思えて、ご当人にとっては思い当たる事柄を詠み込んだものもあります。私信のようなものですから、ご当人にわかっていただければそれでいいと思っていました。

やがて贈呈本を受け取った方から「ほかの人に書いた句を読んでみたい」と言われるようになりました。そう言えばパーティ会場で扉のページを開いて句を見せっこしている人たちがいたっけ、と思い出しているうちに、第三者にはわかりにくい句をちょっと説明してみたいな、という欲がぼくの中で芽生えてきました。それらの句は出版直後、お送りする本に書こうと大急ぎでわっせわっせと作ったものばかりで自慢できる句はありませんが、句の説明をすることが交遊録ふうな趣になるかもしれない。そう考えたので、ちょっとやってみます。

（ここからはいちいち「話の特集句会」とは書かず、ただ「句会」と書きます。註釈なしの「句会」が出てきたら「話の特集句会」だと思ってください）

まずは句会のメンバーから。登場はぼくの句における春夏秋冬の順です。

＊

ハモニカを吹く人の背や春茜

小沢昭一さんの出発点は舞台ですが、数多くの映画に出演されています。喜劇ありシリアスものあり、主演あり助演あり、ほんのちょい顔見せということもあり。日活映画三本立てなんて時代にはその三本ともに出演されたこともあるという。

舞台人であることも捨てていません。「芸能座」や「しゃぼん玉座」を主宰しておられます。「小沢昭一的こころ」というラジオの長寿番組も人気が高いです。その番組を支えているのは言うまでもなく小沢さんの話芸ですが、小沢さんは日本の話芸の源流をたどるべく、自ら録音機材をかついで全国を回り、三河萬歳、坊さんの説教、タンカ売の口上など、庶民の中の失われてゆく話芸をたくさん録音されました。小沢さんが「日本の放浪芸」と名づけた数枚のＬＰになっていて、それでないともう聴けない人の芸が多数収録されている貴重な記録です。その功績も含めた芸能史研究家であり、エッセイストでもあります。写真館をやっていらしたお父様の影響もあるのか写真は玄人はだし。小沢さんの好奇心のおもむくところカメラのレンズあり、という写真です。

歌手でもあります。永六輔さん、野坂昭如さんと「中年御三家」の名のもとにコンサートを開き、武道館を満杯にしたという経歴もある。レパートリイは広く、演歌、軍歌、流行歌、童謡、ご自分のオリジナル。時として作詞作曲もされます。そしてハーモニカの名手です。

さらに「変哲」という俳号を持つ俳人であることも忘れちゃいけません。「やなぎ句会」を振り出しに「話の特集句会」にも旗揚げから参加されていて、本格的な、時に諧謔味のある、粋な句を披露されます。

昼の湯の西陽や隅に太鼓持《たいこもち》　変哲

一芸で渡る金歯や濁酒　変哲

右はぼくが空《そら》で憶えている変哲さんの句。どちらも芸人ものですが、いつもこのジャンルを詠むわけじゃありません。たまたま小沢さんと芸事の結びつきがぼくの記憶に強く残ったのでしょう。

句会の雑談タイムでも、あの話芸の持ち主ですから小沢さんの昔ばなしはとても楽しく、とりわけ撮影所内幕ものはぼくなど耳をそばだててしまいます。

小沢さんへの句はハーモニカを素材にしました。子どもの頃からハーモニカが好きで、近所のお兄さんに教えてもらって上手になったのだそうです。大人になっても、老境にさしかかっても、ハーモニカを吹く時は少年の日に戻る。そんな人の後ろ姿。

ところでこの句、下五を「春うらら」としていたんですが、「うららか」ですでに春の季語だったと気がついて、「春茜」に改訂しました。春の夕焼けに向かってハーモニカを吹いている人の後ろ姿。シルエットでしょうか。

＊

高窓を覗く巣に居る烏かな

吉行淳之介さんとは作家とイラストレーターの関係で、割合昔からお目にかかることが多く、とりわけ「小説新潮」連載「恐怖対談」のホストをされていた時は、ゲストの似顔を描くため、対談場所にいつも同席していました。対談が終わると銀座の酒場にご一緒するのが恒例になっていて、ゲストともどもという時もあり、そうでない時もあり。そこはいわゆる文壇バーで、吉行さんのお仲間にも会えるし、常連の漫画家やテレビタレントもいて、吉行さんはご機嫌で飲んで、いろいろお話をしてくださる。むずかしいことは言いません。文学論なんか絶対にやらない。俗世間の話です。吉行さんの文学的評価との落差が大きくて、それがお洒落でした。

妹さんの**吉行和子さん**との初対面は、かなり後になります。舞台や映画ではお目にかかってた、とは言うもののぼくは映画に比べて舞台に接する機会が少ないです。和子さんは舞台中心だから本領である舞台女優の姿をあまり知らないので申し訳ないんですが、ずっとのちに和子さんが民藝出身だということを思い出して、学生時代に民藝の「ポーギーとベス」を観た話をしました。そしたら「私、それに出てたの」ということでびっくり。昔のことなので入団以前のことだと思ってたんです。新人時代のチョイ役だったそうですが。「ポーギーとベス」だからガーシュインの曲でやるのかと思ったら日本の作曲家の曲だったのでがっかりした、と言ったら「そうしたかったけど著作権料が高くて払えなかったらしいわよ」と話してくれました。

初対面は彼女のエッセイ集『どこまで演れば気がすむの』を装丁した頃だったかな。その本の文章にすっかり感心しました。お父さんもお兄さんも妹さんも作家だからＤＮＡが関係してるのか、そこのところはわかりませんが。

次に装丁したのはお兄さんが亡くなってからの『兄・淳之介と私』。「兄のパジャマ」というエッセイが入っていたのでパジャマを銅版画にしてカヴァーに使いました。それを見たお母様のあぐりさんが「淳之介がいるみたい」と言ってくださったそうです。嬉しいお言葉ですが、吉行さんのパジャマをぼくが見たわけではありません。自分のパジャマを描いただけなので申し訳ない気がしています。

もう一冊、新しいところでは自伝的エッセイ『ひとり語り』。カヴァーに和子さんの一人芝居「ＭＩＴＳＵＫＯ」ゆかりのウィーン風景を、扉のページにはインドのタージマハールの上を鳥が飛んでいる絵を描きました。この絵は和子さんの最初の句であるらしい「インドでは瞑想がらす空を飛ぶ」がヒントになってます。この句はあまりにもユニークなので、親友の岸田今日子さん、冨士真奈美さんがそれぞれの著書で紹介しているため、ぼくも憶えていたんです。

そのお二人の勧めで和子さんはわれらの句会に参加されました。俳号もユニークで、「窓烏」。「まどガラス」と読む。名人になったら「そうう」と読んでもらいたいそうです。

和子さんに献げた句はやはり烏がテーマです。ぼくは何故か「烏」は秋の季語だと思い込んでいて単純なやつを書いたのですが、「烏」だけでは季語にはならず、「烏の巣」で春、「烏の子」で夏、「初烏」が新年だと知って、あとから「巣」を入れて作り直したのをここに掲げました。

＊

花吹雪葦毛の髪も吹かれけり

鈴木敬子さんは「花林舎」という事務所に所属する中山千夏さん、矢崎泰久さんのマネージャーですが、句会になくてはならぬ人。というのは句会では書記をやってくれているからです。書記は全員の投句を季題ごとに別紙に無記名で書いて回します。その中からの八句（天地人五客）をそれぞれが選んで、順に読み上げます。その声を聞きながら点をつける（天は7点、地は5点、人は3点、客は1点）のも書記の仕事で、集計して順位を発表します。終了後、次回の日取りをみんなの都合を聞きながら調整して決めます。後日、次回の幹事が決めた兼題と日時場所を記した葉書を全員に送る。なかなか忙しいです。

句会当日にやることがもうひとつあります。句を考え始める前に出された三つの題についての歳時記の記述を読み上げること。記述というのは各題についての解説と、それぞれの例句です。「月」や「花」など、たくさんの例句が載っている題が出ると読むのも大変です。しかも敬子さんは漢字に弱いのに、名句には難しい字が使われていることが多い。例えば「厨房」は読めても「厨」一字を「くりや」と読むのは現代人は慣れていません。「黴菌」は読めても「黴」一字が「かび」であることも。「廂」(ひさし)も難しいですね。花の名前、魚の名前も読みにくい字が多いです。それを敬子さんは悪戦苦闘して読んでくれる。その結果がとんでもない句に聞こえて笑えます。「この字は読めません。上にナントカのようなものがあって、下にナントカみたいなものがついてて、全体はナントカに似てる字です」なんて言うこともあって、ぼくたちはそれをききながら字を想像します。そういうパフォーマンスが面白くて、句作の前に和むひとときです。

敬子さんは競馬ファン。句会では矢崎さん、小沢さんが競馬ファンなので、その影響もあるんでしょう。ぼくはまったく競馬のことはわかりませんが、彼女宛ての句は馬をテーマにしました。

*

マッチ吹く少女もありて緑濃し

このあとイラストレーター仲間の項目を作るつもりなので、イラストレーター**矢吹申彦君**はそちらに入ってくれてもいいのですが、句会の重要人物ですから、こちらに登場願うことにしました。

どこが重要人物かと言うと、彼はまず面倒見がいい。幹事をよくやってくれる。わが句会は次回幹事を今回幹事が決めます。指名するのではなく、「今日の幹事の上位の人」とか「トップの人」とか「四位の人」とか。幹事は兼題一つ（事前に葉書でお知らせ）と席題二つを書いて貼り出します。同時に締切時間と次回幹事のことも書いて貼る。点数の結果次第で次回幹事が決まるわけですが、何故か矢吹君はそれに当たっちゃうことが多いんです。自分で「四位の人」と書いておきながら四位になっちゃう。ということは二度続けて幹事をやるわけです。

年末には福引をするのが恒例で、各自程よい値段の景品を持ち寄ります。誰が何を持ってきたかは伏せておいて、謎かけをする。「何々とかけて何と解く」というやつです。「何と解く」の「何」が景品で、それぞれ頭をひねって謎かけを考えて来る。初めの「何々」を紙に書いて貼り出すのが矢吹君、というのも恒例になってます。

さらに彼は篆刻の名人です。初めは自分の俳号を刻って短冊に押していたんですが、見事な出来なので誰かが「私にも作ってちょうだい」と言ったのがきっかけで、「ぼくにも」「俺にも」「私にも」とみんなが頼むようになりました。書体もそれぞれ俳号の気分を生かした工夫がなされています。おかげで句会はみなさん素敵なハンコを持ってるんです。

俳号は「猿人」。名前の申彦《のぶひこ》の「申」は干支でいうサル年の「猿」だからで、実際にサル年生まれでもあります。

もちろんイラストレーションも名人。世田谷美術館が世田谷ゆかりのグラフィックデザイナー、インテリアデザイナー、イラストレーターを一人ずつ選んで大規模な展覧会をやったことがあって、イラストレーター代表は矢吹君でした。大きな美術館の約三分の一を占めるスペースを埋めたわけだから厖大な量。板に木目を生かして描いた作品が大部分で、うんと大きいのから小ぶりのものまでさまざまで、どれも丁寧に描き込んだ力作でした。ぼくも感心しましたが、この展示に恐れ入った山下勇三は「俺たち今まで彼を矢吹君とかノブちゃんとか呼んでただろう。そんな呼び方しちゃいかんぞ」と言い出しました。「じゃ何て呼ぶんだ」ときいたら「そうだな、〝先生〟がいいんじゃないか」だって。

ぼくも勇三君も子年です。よほど年が離れていない限り申年はぼくたちより四つ上か八つ下ということになりますが、ぼくが矢吹君と初めて会った時、彼は高校生。ぼくは社会人でしたからぼくらが年下ということはあり得ない。八年も年上の男から「先生」と呼ばれるのは彼もいやがるんじゃないか、というわけで、この話は流れました。

マッチ吹く少女は彼の作品の一つにあるんです。やはり板に描き込んだ絵で、「ローソクノ火ハ吹クト消エルノニ炭ノ火ハドウシテオコルノ？」という題。これは伊丹十三さんが、子どもが発する素朴な質問に答える形で書いた『問いつめられたパパとママの本』の著者自身によるシンプルな挿絵（伊丹さんは俳優であり監督でありエッセイストでしたが、絵もデザインも上手）のひとコマをテーマにしてこってりと描き上げたものです。彼は伊丹さんとも親交が深く、伊丹さんの著書の装丁、挿絵を何冊も手がけました。

彼は『文人志願』という本を著しているほど内田百閒的な気分を好み、江戸前の酒と肴、相撲などと共に俳句に親しんでいます。わが句会のほかに「東京俳句倶楽部」にも属しているし、わが句会一点ばりのぼくと違って、呼ばれれば「銀座百点」の句会やらどこやらにも出かけて行きます。どこへ行っても江戸前のいい句を作りそう。

＊

傍らの仔猫の欠伸うつりけり

白石冬美さんは大の猫好き。歴代飼った猫は数知れず。いやチャコちゃんの場合は「飼った」ではなく「一緒に暮らした」と言った方がいいかもしれません。着ているものも猫の柄が多いし、バッグや傘やアクセサリーも猫グッズだらけです。俳句にも猫がよく登場します。句会で「猫句」が出るとほかの人の作でもチャコちゃんかなと思っちゃうほど。で、ぼくが彼女に宛てた句も、猫テーマになりましたが、猫を詠んだらチャコちゃんにはとても敵いません。

チャコは彼女の若い頃からのニックネームで、俳号も「茶子」です。ラジオの「ナッちゃんチャコちゃん」もお馴染でしたね。声優であり、ラジオ・パーソナリティであることが有名なチャコちゃんですが、それより前は日劇ダンシングチームのメンバーであり、もっと前はSKDで踊っていたそうです。すごいキャリア。踊り子時代があったことを知ってる人は、今は少ないでしょうね。「踊り子」なんて古い言葉を使いましたが、国際劇場（SKDの本拠地）や日劇で踊る女性は「ダンサー」より「踊り子」がふさわしいんです。それだけ大衆に親しまれていたということですから。

彼女は本をよく読む。映画をよく観る。芝居をよく観る。そして感激屋さんです。つまらないものに出くわすこともあるだろうけど、悪口を言うのを聞いたことがありません。

なんとかいい所を見つけて賞《ほ》めてあげようという優しさでしょう。句会では繊細な甘哀しい女心を詠んで、高得点を集めています。

*

囀やけだるき川のほとりにて

小室等さんはシンガー・ソングライターで、デビューした時期は日本のフォークソング・ブームの頃だったと思いますが、フォークシンガーという枠の中にはいないで、武満徹さんが作った歌を集めて歌ったアルバムを作ったり、のびのびと、独特の歌い方、歌い方と言うより語り口で自分の思うこと、あるいは他人の意見でも共感できることを歌を通じて伝えようとしているように見えます。

知り合ってからわかったのは、彼が多摩美の後輩であったこと。後輩と言っても彼は彫刻科でしたから、図案科（ぼくの時代はデザイン科ではなかった）のぼくが彼に対して先輩づらする気持はまったくありません。彼は彫刻科の学生時代、すでにギターを持って音楽活動をしていたそうですし。

句会のメンバーですが、地方でのライヴも多く、都内にいてもライヴの時間帯はたいてい夜ですから、夜行われる句会に出られないことが多いようです。俳号は「歌亭」で、無理に「カンテ」と読ませる。カンテはイタリア語で歌ですから、どこまでも歌が好きな人なんです。

知り合ったきっかけを正確に憶えていないんですが、イラストレーター仲間の小島武君（故人）が親しかったので紹介されたんでしたっけ。で、句会の帰りでも、別の機会でも、彼と飲むと話題がつきなくて、いつまでもだらだらしゃべっちゃいます。

つきない話題は基本的に音楽のことだけれど、平和主義者の彼とは話が「音楽と戦争」というテーマに及ぶことが多く、ぼくらはアメリカ文化、特に歌に影響されているけれど、素敵なスタンダードナンバーとして残っている第二次大戦中のアメリカのヒットチューンの多くは銃後を守る恋人たちの歌として、戦意高揚の役割を果たしていたんじゃないか、とか。そんなことを酔っぱらいながらしゃべってます。

ぼくは戦後まもない頃からＡＦＲＳ（進駐軍放送）で聴いていたアメリカの歌が好きになって、歌詞を憶えようと夢中になっている時に、あちらの歌は moon があると June があり、star の次に guitar が来る、といったルールがあることに気がつき、やがてそれが脚韻というものだと知って、大人になってからは日本語による脚韻を使った詩はできないものかと思い（そう思った人たちはとっくに大勢いたのですが）、ぽつぽつやっていました。八〇年代になってそれを「マザー・グース」を使って試みたところ本になり、桜井順さんがそれに曲をつけてくれてCDになりました。その一曲の歌唱を小室さんにお願いしたあと、「押韻による日本語の詞」をテーマに話が弾み、「アメリカのスタンダードナンバーでそれをやったらぼくが歌う」と言ってくれたので、「世界は日の出を待っている」や「浮気はやめた」などいくつかをそのスタイルで訳詞して提供、歌ってもらっています。「レイジー・リヴァー」というホーギー・カーマイケルの歌も提供したのですが、メロディがコールユーブンゲンみたいで歌いにくいということでした。小室さん宛の句はその詞をもとにしてあります。「そう言わずに歌ってよ」という意味ではありません。

囀《さえずり》は春の季語。LAZY RIVER の歌詞には、こういう部分があります。

Up a lazy river where the robin's song

「駒鳥の歌」を「囀」にしたわけです。

＊

懐しき人の色紙や鮎の宿

永六輔さんと「話の特集」とのつながりや「句会」発足の頃のことはすでに書きました。初期の句会での永さんの句をぼくが憶えているのは、

青リンゴ点となって海に落ちた　並木橋

「並木橋」は永さんの俳号です。お住まいが並木橋にあったから。転居されて俳号は「六丁目」になりました。

それよりずっと後に永さんが「ぼくに文章を書かせたのは和田誠です」と公開トークの席で発言されたとききましたが、「書かせた」なんて偉そうなことはしておりません。「話の特集」に原稿を依頼することを矢崎さんにすすめただけなんです。お目にかかるより前に永さんを強く推したのは、前に読んでいた『一流の三流』と『わらいえて』という永さんの著書に感心していたからでした。

ぼくがまだ親父の家から独立していなかった頃、父が卓袱《ちゃぶ》台の上に「読んでごらん」とぽんと投げ出すように置いた本が『一流の三流』。永さん構成のテレビ番組「夢であいましょう」がヒットしていた時期の身辺とそれまでの体験や旅行のエピソードなどを綴った

本篇のあとに、お父さん（浅草最尊寺の御住職）から永さんへの手紙が収められています。少し前に柴田錬三郎がテレビに顔を出す放送作家たちを「テレビの寄生虫」と呼んだことがあって、永さんは傷ついていたのでしょう。お父さんの手紙はそれに関して直接なぐさめる文章ではなく、永さんが書いたいろいろな歌の歌詞の分析が中心で、それが遠まわしに歌詞を賞讃している。結果的に息子をなぐさめる手紙だと感じられるんです。

ぼくの親父がこの本を読めと言った理由はきかなかったけれど、巻末のこの手紙に表われている親子関係に感銘を受けたんじゃないかと思います。

『わらいえて』は「芸能一〇〇年史」というサブタイトルの通り、明治元年から昭和四十二年までの日本の芸能史を一年ごとに記したもの。学術書としても読めますが、面白いエピソード満載で楽しく読める本です。

お話変わってぼくも三十代半ばになった頃、句会で会っている永さんと灘本唯人さんが「われわれももう中年なのだから、身体のことを考えて運動しなきゃいけない。定期的にマラソンをしよう」という話をしたらしい（当時はまだジョギングという言葉は一般的でなく、ジョギングも含めてマラソンと言ってたんです）。そして「走るなら明治神宮外苑絵画館あたりがいいね。絵画館に近いのはマコちゃんだ。仲間を集めてマコちゃんの家に集まることにしよう」と勝手に決めちゃった。ぼくも独身だったし健康のためならいいか、ということで毎週金曜日の夜、永さん灘本さんを中心に矢崎さん、山下君、矢吹君、渥美清さん、その他ラジオ・テレビのディレクターとかいろんな人がぼくの家（アパートの三階だけど）に集まってジャージに着替え、絵画館の周りを走る、という習慣が作られました。

一周一キロ。数周走ってぼくの家に戻って汗を拭いて、近所の「ふーみん」という家庭的で小さな中華料理屋さんに行きます。走った効果は消えちゃうんじゃないか、というほどビールを飲んでたくさん食って、また戻っておかしな話でバカ笑いをしたり、言葉遊びゲームをやったり（因みに「ふーみん」はその頃から人気が出て、骨董通りに進出。大きな店になって繁昌しています。ぼくの句集の出版記念会をやったのもその店）。

この「金曜マラソン」が知り合いに広まって、走る人も増え、走らずに食事から参加する人もいる。そういう中には黒柳徹子さんもいて、おしゃべりに加わるとこれがまた滅法面白く、やがてぼくが結婚してもこの集まりは続いて、妻がおつまみを即席で作って出したりしてました。みなさんは金曜日に都合が悪ければ来なければいいんですが、ぼくは場所提供者ですからどんな会合があろうと打ち合わせがあろうと金曜日はこちらが優先。やがて子どもが生まれて子育てが大変、という時期になるとみなさん遠慮をし始めて、自然にこの健康にはあまり役に立たなかった健康の会も解消したんですが、ずいぶん楽しい数年間でした。

さて、句会もあり金曜マラソンもありで永さんとは実に頻繁にお目にかかっていたのですが、金曜集会がなくなり、忙しい永さんは二つの句会のかけ持ちはきつくなったらしく、句会の軸足を東京やなぎ句会に置かれているようで、お会いする機会が少なくなりました。

永さん宛ての句はあまりお目にかかれなくなった人の色紙を旅先で見つけて懐しいな、というものです。直接お会いしなくても旅行をすると永さんの額入りの色紙（「遠くへ行きたい　永六輔」なんて書いてある）をあちこちで見かけます。永さんは全国を旅しているし、顔をよく知られているからたちまち見つかって、色紙に一筆、と頼まれるんでしょうね。

＊

梅雨晴間画廊めぐりて友と逢ふ

田村セツ子さんはイラストレーターで、メルヘンチックな画風の絵本作家でもあります。ニックネームは「パル子」。以前渋谷のパルコのそばに住んでいた、というのがニックネームの由来で、俳号もそのまま「パル子」です。
ぼくの新婚時代、パル子さんから牝の仔猫をゆずり受けました。妻はその仔猫を「桃代」と名づけて可愛がっていましたが、当時住んでいたアパートは動物を飼うことを許さなかった。それでもこっそり飼っているうち、長男が生まれました。猫は赤ん坊にヤキモチを妬く、という話をきいたので、桃代を一時パル子さんのところに里帰りさせました。少しの間のつもりがアパートの事情もあって、三年ほど過ぎちゃった。

そんなある夜、ＮＨＫホールでコンサートを聴いた帰り途、妻と二人でパルコあたりを通りかかると、妻が「セッちゃんちはこのへんね」と言ってから、「桃代ー、桃代ー」と叫んだんです。すると遠くからニャーンという声が聞こえました。妻が「あ、桃代だ」と言う。ぼくが「まさか」と言ってる間に黒い影が走ってきて、妻の足にからみつきました。まぎれもなく桃代です。妻が「桃代、今どこに住んでるの」ときくと、桃代はとことこ歩き出します。ときどき後ろを振り返って「こっちよ」という感じ。とあるマンションの階段を昇るのでぼくたちもついて行くと、窓が一つ、小さく開いている。桃代はピョンと跳んで中に入ってからこっちを見て「入って」という顔をする。入るわけにはいきません。とりあえず表札を見ると、ちゃんと「田村セツ子」と書いてあります。ブザーを押したけど返事がなく、留守でした。妻がありあわせの紙に「桃代につれられてきたけどお留守で残念」というようなことを口紅で書いてドアにはさんで帰ったのですが、ずいぶんびっくりした一夜でした。それにしても桃代はおりこうさんだったなあ。

パル子さんに宛てた句は、彼女が展覧会をしていた青山の画廊を思い浮かべて詠んだものです。青山にはイラストレーター向きの小ぢんまりした手頃な画廊がいくつもあって、一つの画廊を目的に出かけて、ついでにあと二軒寄ってみよう、ということがよくあります。すると同じように画廊のハシゴをしている友だちに会う。そんな情景。実際にパル子展のときがそうだったのでした。

＊

郭公の歌は谷間をめぐりけり

下重暁子さんはもとＮＨＫのアナウンサー。その後はエッセイストとして日本ペンクラブの理事などをやっていたかと思うと、競輪協会の会長に就任するという、奇妙な経歴の持ち主です。下重さんと競輪なんて、なかなか結びつきません。第一自転車に乗れないというんだから。でもその役を引き受けた以上は熱心に会に貢献します。ぼくが「週刊文春」の表紙に自転車の絵を描いた時は「ありがとう」と言ってくれました。ぼくは競輪のことはこれっぽっちも意識してなかったのに。さらにぼくは競輪のマークを下重さんに依頼されて、競輪を見たこともないのにマークを作りました。その後、彼女は気が変わって会長を辞任されています。

句会での俳号は、はじめは「暁子」でした。名前そのままですが「ぎょうし」と読ませる。やがて「郭公」と俳号を改め、また気が変わって「元郭公」になった。「前は郭公でした」という変な俳号。今はまた「郭公」に戻ってます。気まぐれな性格なんでしょうか。句はとても上手です。ぼくが憶えているのは、

美人画の白きうなじや春日傘　郭公

神前に粽ささげて緋の袴　郭公

など。「郭公」はそのまま夏の季語です。それで兼題に「郭公」が出たことがありました。郭公さんが郭公の句を詠むことになったわけですね。その時の彼女の句は、

郭公鳴く空の高さを測りかね　郭公

でした。その日にぼくが詠んだのは、

木々渡る郭公の歌とその谺

（谷間をめぐったのは「白い嘘」に書いた彼女宛ての句です）

＊

三鞭酒に足とられたる薄暑かな

矢崎泰久さんのことはすでに詳しく申し述べました。「句会」が続いているのは矢崎さんのおかげです。けれど本体の雑誌「話の特集」は今はありません。創刊が一九六六年二月号。三十年続いて一九九五年三月号を最後に終刊となりました。ユニークな雑誌として話題になったし、コアな愛読者もたくさんいたはずですが、たくさんと言ってもコアなんですね、マスにはならない。累積赤字のために限界が来たわけです。

矢崎さんにとっては人生を賭けたような雑誌ですから、さぞ残念だったと思いますし、協力者であったぼくも残念ですけど、ご当人はひとつも暗い顔をしていません。まあ豪放な人柄なんですね。

編集者というのは執筆者を「先生」と呼ぶのが普通ですが、矢崎さんはどんな大物にも「先生」は使わない。みんな「さん」で済ませちゃう。ぼくのことは最初から「マコちゃん」でした。色川さんを「タケちゃん」と呼んでた。武大はブダイでなくタケヒロですから。「先生」よりもそのほうが気楽でいいや、と言う人とはうんと仲よくなる。ぼくも気楽タイプですが、「ナマイキだ」と怒る先生がいたかもしれません。

不渡り小切手が暴力団の手に渡って、彼らに拉致されたのを脱出してきたとか、雑誌に載った記事が「不敬」だと右翼の青年が日本刀を持って編集部にやってきたのを追い返したとか、武勇伝もたくさんあります。右翼青年が「天皇を尊べ」と言うので「では歴代天皇の名前を言ってみろ」と言ったら青年は言えない。そこで神武、綏靖《すいぜい》、安寧、懿徳《いとく》、孝昭、孝安、孝霊……と今上まで立て板に水の如く言ってやった。そしたら青年は「勉強して出直して来ます」と言って帰った。というのが矢崎さんの話。

カッコいいけど自分で話す時は武勇伝に限らず話を面白くしようとする癖があります。聞く人へのサービス精神もあるんでしょう。例えばぼくと寺山修司との出会いの日（前述の寺山がぼくの父親を訪ねてきた日）のことを矢崎さんに話したんですが、それを後に彼がほかの人に話すと、こうなっちゃう。

〝寺山青年が青森からやってきて、書いたラジオドラマの台本を読んでもらおうと和田精氏の家のブザーを押したら、こまっしゃくれた子どもが顔を出したので来訪の目的を告げた。子どもは彼の青森弁をきいて「うちのお父さんは田舎者には会わないよ」と言ってドアをバシャリと閉めてしまった。寺山青年はしょんぼり帰っていった。そのこまっしゃくれた子どもが和田誠なんだよ〟

この話で本当なのはブザーのくだりだけです。彼は家に上がって父親と話をしているし、寺山とぼくはほぼ同い年だから青年と子どもであるわけがない。この話、聞く人には受けます。だけどぼくにとっては大いに迷惑です。話に尾ひれをつけるんじゃなく尾ひれだけで出来てる。目クジラ立てるのもみっともないような話なんで怒れなくて困っちゃう。

矢崎さんの寺山ばなしにはこんなのもある。打ち合わせのために早稲田の学生食堂で待ち合わせた。寺山は持ってたアタッシェケースを開けたが上下が逆だったので原稿やら資料やら中身が学食の土間に飛び散った。寺山は慌てて中身をケースに戻したが、学生たちが食い散らした魚の骨なども一緒に入れちゃった。という話だけど後半はウソでしょう。それを寺山もいる座で披露する。寺山は「ウソだウソだ」と言いながら怒ることもできず顔を覆って笑っていました。

そんなふうに傍若無人でもあり、滑稽でもあり、豪放でもあり、博奕も強い人物なので、大酒飲みでもあるように思えます。実際は一滴も飲めない。ところが矢吹申彦君の個展が銀座で開かれた時、オープニングで開けられたシャンパンを、どういうわけか二杯飲んでしまった。帰り道はフラフラであったという話をきいて詠んだのが三鞭酒《シャンパン》の句です。

＊

はつ夏の光湛へし硝子達

麴谷宏君はグラフィックデザイナーですが、今はワインの権威として有名です。彼のワイン歴の一端に、ぼくがちょっとだけ存在してる。

赤坂にうまい肉を食わせるステーキ屋さんがありました。高級店なので滅多に行きません。新婚時代、結婚記念日だけそこで食べる。高そうなワインが置いてあるけど敬遠してました。ある時たいへんきれいなラベルのワインが目についたので、よく見たらシャガールの絵を使ってるんです。思い切ってそれを飲みました。高かったけれど実にうまい。ムートン・ロートシルトという銘柄でした。

その店にはソムリエ（そんな言葉、当時は知らなかった）はいなくて、代りにワイン通のマネージャー兼ウェイターがいろいろ説明してくれます。ある日彼が言うには「うちはいいワインを揃えているのに、お客さんはあまり飲んでくれません。食事にワインという習慣が日本にはまだなくて、みなさんビールとウィスキーになさいます。せっかくのワインが寝たままです。それで一年に一度だけ、こちらで選ばせていただいたお客さまを招待して、格安でいいワインを提供する夜を設けます。いらっしゃいますか」

というわけで行ってみると、ぼくのようにGパンで来るやつは一人もいません。みなさんばっちりフォーマルです。谷川徹三さんもいらっしゃる（俊太郎さんはこういうのあまりお好きではないようです）。高級ワインが次々に抜かれ、いろんな銘柄を比較しながら飲む、という約束通り格安だけど贅沢な夜を過ごし、以後毎年誘われていました。

三年後だったか「こんなのうちだけじゃもったいないから誰か誘おう」と妻に相談し、「そうだ、コーちゃん（麹谷君）はパリに住んでたことがあるし、その時代にワイナリーを訪ねた話もしてたからワイン好きだろう」と彼を誘いました。その夜のコーちゃんは出てくるワインすべてに感激して「こんなうまいの飲んだことがない」と言う。「パリで飲んでたんじゃないの」「とんでもない。若い頃だから安ワインしか飲めなかった。ワインてこんなにおいしいものだったんだ」

それから彼はワインにのめりこんで猛勉強を始めたんだそうです。たちまちワインの歴史から地理的分布から世界の銘柄から、知らないことはないというほどのワイン博士になっただけでなく、フランスワインを日本に広めた貢献によりフランス政府から勲章を授与されるほどになっちゃった。誘ったぼくは何ひとつ学んでないんですけどね。

俳句でも同じことが言えそうです。奈良生まれの彼の俳号は「二月堂」。句会に参加した時はまったくの初心者だったはずなのに、どんどん上手になってゆく。しかもワインを織り込んだ句を作る句会をワイン仲間と立ち上げたりしてる。勉強家であり、凝り性でもある。

ワイン通は当然シャンパンにも詳しくなります。彼の場合は飲むだけじゃありません。ワインやシャンパンにまつわる道具を作る。ワインならデキャンタ。シャンパンならシャンパンクーラー。デザイナーとしての美術的センスを生かして本格的なガラス工芸でそれらの品を作ります。凝り性で本格派だから、ガラス工芸なら本場ヴェニスに行って作り方を学んであちらで作る。

彼宛ての句は、彼がヴェニスで作ったたくさんのシャンパンクーラーを展示した見事に美しい展示会の風景を詠んだものです。「初夏」でなく「はつ夏」としたのは「しょか」と読まれると上五にならないから。

その昔「初夏」を「はつなつ」と読むことの賛否をめぐって斎藤茂吉と与謝野晶子の論争（晶子が賛）があったそうですが、それはまた別の話。

＊

眠る女《ひと》なほ眠らせし罌粟畑

六〇年代の初め頃、**岸田今日子さん**という女優が好きだ、とぼくが言ったら、文学座の人たちと親しい知人が、舞台を観たあと楽屋に連れていってくれたことがあります。そして一瞬だけ会うことができたんだけど、ずいぶんドキドキしました。確かジャンヌ・ダークを演《や》った時。そばにご主人であった中谷昇さんがいて、冗談なのか本気なのかわからないけど「俺は天才だ」と大声で言っていたので、それにはびっくり。

今日子さんとはいつのまにか親しくなって、「今日子ちゃん」なんて呼ぶのが初対面のドキドキを思い出すと嘘みたいです。あちらは「マコちゃん」と呼んでくれるし。親しくなったきっかけが何だったか憶えていないのですが、「句会」の初期からのメンバーだったから、そのせいもあるかもしれません。

立派な女優さんで、舞台も映画もいい。映画では「砂の女」が印象的ですね。ラクエル・ウェルチが「砂の女」を気に入って、自分を主役にリメークしたいと思ったので、今日子さんに会いに来たんだそうです。リメークの話なのに原作者や監督でなく、まず女優に会ったというのも面白い。それだけ今日子さんが強烈だったのでしょう。「ラクエル・ウェルチが日本に来たんなら会いたかったな」とぼくが言ったら、「あら、好きだったの？　呼んであげればよかったわね」と今日子さんはあの声でおっとりと言ってました。

句会ではとてもいい句を作ります。文章がまたいいです。自作の俳句を紹介しながら綴るエッセイが素敵なので「本にする時は装丁をやらせて」と言ってしまいました。それが『あの季《とき》この季《とき》』という本で実現。その中から童話ふうの句を二つ。

妖怪のふりして並ぶ冬木立　眠女

狼に出逢いし森よ菫咲く　眠女

「眠女」が俳号。眠ることが好きで、よく眠るからなんだそうです。彼女に宛てたぼくの句はその俳号を織り込みました。「罌粟畑」は「オズの魔法使い」の中でライオンを眠らせる罌粟畑です。今日子さんが「オズの魔法使い」がお好きかどうか確かめなかったけれど、基本的に童話というものがお好きで、自分でもたくさん書いてるんだからいいかなと思って。

今日子さんは平成十八年十二月に亡くなりました。脳腫瘍でした。入院する少し前に句会に出席して、いい句を発表していたのに。

眠る女《ひと》目覚めよすぐに明り合はせ

これ、今日子さん追悼の句です。

かなり前に『あかり合わせがはじまる』という題の今日子さんの著書を装丁しました。「明り合わせ」は舞台用語で、照明を入れた舞台稽古のこと。

＊

楼蘭に架かりし虹の大いなる

黒柳徹子さんも句会のメンバーですが、なにしろ超多忙な人なので顔を見せてくれるのは一年に一度くらいかな。「徹子の部屋」は週五回。何人かずつまとめ撮りをするにしてもゲストそれぞれについての仕込みをする時間も必要でしょう。それに毎年恒例の舞台があり、エッセイを雑誌に連載している。たくさんの本の著者でもある。『窓ぎわのトットちゃん』のベストセラーぶりも世に知られるところ。「トットちゃん」の表紙の絵は岩崎ちひろさんのもので、ぼくがデザインをしました。それ以外に黒柳さんの著書の大半を装丁しています。

黒柳さんはユニセフの親善大使です。世界のあちこちに出かけます。アフリカはじめベトナム、インドなど、難民の多いところに出かけて、そこの子どもたちを励ましている。イラクなど、危険な地域に入っちゃうこともあるそうです。

そんな彼女が句会にやってくると、久しぶりだからみんなに話したいことがたくさんあるんですね。テレビのこと、舞台のこと、外国のこと、などなど。だからドドーッとしゃべります。面白いので俳句を作ることを忘れてつい聞き入ってしまう。そこに小沢さんが茶々を入れる。こちらも話芸の達人だからいっそう盛り上がる。木戸銭をとってもいいくらいで、誰かが「そろそろ俳句にしようか」と言わないと、その日はそれで終わっちゃいそうです。

黒柳さんの俳号は「楼蘭」。マリー・ローランサンの絵が大好きだからで、「楼蘭さん」を呼んでくれれば嬉しい、というわけ。でも「楼蘭」と漢字で書けばシルクロードのあの楼蘭ですから、そこにでっかい虹がかかった、というのを黒柳さん宛ての句にしました。行ったことはありませんけど、雄大な風景の中にかかる虹はでっかくてきれいだろうなと思ったんです。

＊

風土記書き千年の夏過ごしけり

中山千夏さん（とりあえず千夏さんと書きましたが、普段は千夏ちゃんと呼んでます。子役時代の「がめつい奴」での当たり役の名「てこ」が業界でのニックネームになっていたそうで、今も「てこ」と呼ぶ人もいて、ぼくもときどき「てこ」を使います）は幼い頃は天才子役と謳われていたし、ハイティーンの頃はすでに才女の誉れ高かったようです。なにしろ「あなたの心に」というヒットソングの作詞者でもあり歌手でもあったんですから。

ぼくは舞台とテレビでしか知りませんでしたが、「才女」にありがちなコザカシイ感じは受けず、むしろセンスの良さに興味をひかれました。そして、この少女は童話を書いたらうまいんじゃないか、もし書いたら絵をつけて絵本にしてみたいと思い、出版社を通じて彼女の事務所にコンタクトを取ったのですが、「多忙でそんな話には乗れません」とケンモホロロでした。

ずっと後に彼女と知り合ったのでその話をしたら、「まったく聞いてなかった。聞いてたら書いてたのに」ということで、当時の事務所は所属するスタアをガードしていたのでした。さらにずっと後になって、彼女の作でぼくの絵、という絵本が『どんなかんじかなあ』というタイトルで実現しました。それは障害を持つ子どもたちの物語で、たいへんシリアスなテーマを持つものですが、絵が加わることによってエンターテインメントにもなるという工夫がなされている原作でした。

彼女は若い頃からしっかりと自分の意見を持っていて、社会的な発言をしていました。議員になったこともあるほどです。「小学校も行ってないのに世の中のことときちんとわかって偉いなあ」と彼女に言ったことがあるんですが「何言ってんの、小学校もちゃんと行ったし、女学校も出てるよ」と怒られました。子役時代から仕事をしていて、学校に行くヒマもなかったんじゃないかと勝手に思っていたんです。

本をたくさん書いてます。絵も上手で、挿絵も自分で描く。ぼくは彼女の本の装丁をかなり担当しました。装丁に絵が必要な場合はほとんど著者自身による絵を使ってデザインしています。

とにかくいろんなことができる。俳句もうまい。俳号は「線香」。千夏は「チナツ」ですが「センカ」とも読めます。別の漢字で「線香」。それを「センコウ」と読ませる。家が東京から離れたので最近は句会に顔を出すことが少なくなりましたが。

千夏ちゃんのライフワークとも言うべき仕事に『古事記』ほか古代の文書の研究があって、こちら方面の本を何冊も出しています。彼女に宛てた句はそれをテーマにしました。名前の千と夏を織り込んだのは単純な発想だけど、その二字のおかげで句のスケールが大きくなったような気がします。

＊

合歓の葉は陽の影かの日母の胸

土屋耕一さんはぼくが多摩美を卒業してすぐ入社したライトパブリシティで広告のコピーを書いていた、その世界の名匠です。正確に言うとぼくが入社した時は資生堂宣伝部嘱託の傍らライトの仕事もしていて、まもなく正式にライトの社員としてコピーを書くようになりました。シリアスなコピーも書くけれど、語呂合わせを取り入れたユーモラスなキャッチフレーズを書いて、広告を見る人を楽しませるユニークな存在でもありました。

ライトでぼくが土屋さんと組んだ仕事は専売公社のピースの広告です。ぼくが煙草をテーマにしたひとコマ漫画を描くと、それに短い二行の言葉をつけてくれる。漫画の説明でなく絵に寄り添う洒落たものでした。

言葉遊びが得意で、回文の名手。「軽い機敏な仔猫何匹いるか」カルイキビンナコネコナンビキイルカ。うまいもんです。これを題名にした回文集はぼくがブックデザインをしました。俳句形式のやつもある。

力《リキ》士《シ》手《テ》で《デ》塩《シオ》な《ナ》め《メ》直《ナオ》し《シ》出《デ》て《テ》仕《シ》切《キ》り《リ》
品《シナ》川《ガワ》に《ニ》今《イマ》住《ス》む《ム》住《スマ》い《イ》庭《ニワ》が《ガ》な《ナ》し《シ》
家《イエ》の《ノ》外《ソト》門《カド》松《マツ》ま《マ》ど《ド》か《カ》屠《ト》蘇《ソ》の《ノ》酔《エイ》

アナグラムもある。ある言葉の文字を入れ替えて違う言葉にする、シンプルな例では「言葉《コトバ》」を「小鳩《コバト》」にする、というようなやつ。これを土屋さんは俳句でやってのけました。芭蕉の有名な「古池や蛙とびこむ水の音」を「数の子や水気を問わむいと古び」にし、さらに「お岩跳びずずと毛のこる闇深む」という怖いのにもしています。

句会の初期のメンバーでもありました。俳号は「柚子湯」。ちゃんと回文になってますね。雑談時間に土屋さんが出した話題が面白くて憶えています。いろいろな上五に合いやすい下七五に昔から「根岸の里の侘び住い」というのがあると。つまり「小春日や根岸の里の侘び住い」もいいし「秋深し根岸の里の侘び住い」もいい。土屋さんは「時計ばかりがコチコチと」はどうだ、と言う。なるほど「小春日や時計ばかりがコチコチと」もいいし「秋深し時計ばかりがコチコチと」もいけますね。

冗談でなくいい句もたくさん詠んだ柚子湯さんでしたがコピーライターたちの句会が結成されて、そちらに移籍されてしまいました。そちらの世界ではコピーの宗匠と言っていい方ですから、コピーライターたちが是非にと迎えたのも無理はないと思います。

そして最近亡くなりました。本業のほかに言葉遊びを楽しんでいただけでなく、面白いコラージュを作ったり、手紙に小さなカットを添えたり、生活を楽しんでいた方でした。

ぼくの合歓の葉の句は回文になってます。ネムノハハヒノカゲカノヒハハノムネ。回文名人の土屋作品には遠く及ばないけれど、「こんなの作りました、見てください」という気持で『白い嘘』に書いたものです。

＊

頬赤き少女の抱く瓢かな

冨士眞奈美さんは句会のメンバーの中でも大物です。句会にはたいてい遅れてやって来る。そして「早く家を出たんだけど、途中で買物してたの。これ」とか言って派手なスカーフだの傘だのを見せてくれます。着ているものもほとんど鮮やか色で、ぼくたち句友男性陣は「今日の眞奈美ちゃんは何色を着て来るか」という賭けをすることもある。「紫だろう」とか「真っ赤じゃないの」とか。現われるとエメラルドグリーンだったりします。

遅れて来るから締切まであまり時間がない。「あら大変」と言いながら大急ぎで作るのですが、いつも高得点を取ります。俳句名人で、ほかの句会にも参加しているし、雑誌主催の句会やらテレビ番組の句会などにも招ばれています。句集もあるし、俳句をからめたエッセイ集も出している。われらの句会で男どもが馬鹿ばなしに興じていると「真面目に作ろうよ」「もっと俳句を勉強しようよ」と手厳しい句友でもあります。

俳号は「衾去」。「シトネを下がる」という意味だそうで、どういう心境でそういう名前をつけたのか判然としません。句友であり女優仲間でありプライヴェートでも親友であった岸田今日子さんはエッセイの中で「自戒を込めてと言ったって、その後で結婚したり子どもを産んだりしているのだから、どこが自戒かわからない。」と書いていました。

衾去が初期の句会で発表したユニークな句があります。

金嬉老ひととせ経《ふ》れば蜃気楼　衾去

春の季題「蜃気楼」が出た時です。金嬉老事件は一九六八年ですから、それから約一年後の作品。語呂合わせが生きていて面白いのでよく憶えているんです。衾去さんは時としてこんなユーモラスな句も詠むし、大胆にエロチックな句を詠むこともあって隅に置けません。基本は本格派ですが個性的。

ばった飛んで来たと電話を切られけり　衾去

これもふと思い出す袞去句です。

彼女は東京生まれですが少女時代は静岡県三島で過ごし、自然に親しんで育ったそうです。芸名の「冨士」は幼い頃いつも見ていた富士山に因んだものでしょう。その頃の思い出ばなしをしてくれることがあります。中でも印象深く聞いたのは、川で泳ぐ時、浮輪の代りに瓢簞をいくつか腰につけていた、という話。なるほど中を空洞にした瓢簞はポッカリ浮きますね。その頃の眞奈美さんはたいそう可憐な少女であったに違いない。その子が瓢簞を腰にくっつけて泳いでる。可愛らしくもあり、ちょっと滑稽でもあり、色っぽく見えたかもしれない。そんな少女のほっぺは赤かっただろう。

「泳ぎ」は夏ですが「瓢」は秋の季語。で、この少女には瓢簞を腰につけて泳がずに、ただ抱っこしてもらいました。

＊

秋祭わが氏神は胸に在り

斎藤晴彦さんは俳優で劇団黒テントの創立メンバーで、現在は劇団の代表でもあります。

芝居に情熱を注いでいて、俳優だけでなく、企画・演出もするし、後進の指導にも力を入れていらっしゃる。

クラシック音楽に詳しく、観賞歴を記した著書もあります。歌手でもあります。「歌手」と断定すると、ご本人は「とんでもない」と仰言るだろうと思いますが、シューベルトの「冬の旅」全曲（日本語訳）を高橋悠治のピアノ伴奏で歌い切る、という力量の持ち主です。その中のいくつかは斎藤さんの訳詞。

モーツァルトの「トルコ行進曲」に自ら可笑しな歌詞をつけて歌うのも傑作。その日の「朝日新聞」の記事を「ツィゴイネルワイゼン」のメロディで読み上げる、なんて芸当もできる。大爆笑です。

熱心な俳優さん。ぼくが監督した映画、長篇四本のうち三本に出てもらっています。うち二本はゲスト的出演ですが、「怖がる人々」はオムニバスの短篇一本の主役。セリフ劇なので撮影に入る前に読み合わせを兼ねたリハーサルをしておこう、とやり始めたら厖大なセリフをすべて憶えていて、ぼくはびっくりするし、共演者はあせるし。

飲んで喋るのが好き。句会の帰り、しばしば真夜中までお付き合いします。「自分が誘うくせに」と言われそうですね。その通りなんだけど。

俳号は「明神下」。生まれが神田明神のあたりなんだそうです。「神田の生まれよォ」という感じの人柄ではありませんが、とにかく神田明神が斎藤さんの氏神。

舞台がある日は句会にも出られません。お祭の日も神田明神に行くことができないかもしれない。斎藤さん宛ての句は、氏神にお参りすることができなくても、遠くから神田明神を想うだろう、という勝手な解釈のもとに詠みました。

＊

案山子にも贔屓あるらし赤帽子

イラストレーター**山下勇三君**はグラフィックデザイナーでもあり、テレビＣＦも作り、どれも一流の仕事人でした。でした、というのはもういないからで、淋しいです。

生まれは広島。郷土愛が強い。当然広島カープの熱狂的ファンです。カープの成績がいいと日常機嫌がいい。悪いと機嫌もすこぶる悪くなる。右の句はそんなことをふまえて彼宛てに詠んだものです。たまたま目にした風景でもありました。広島でなく鳥取の田圃でしたが。

勇三君とぼくは同じ年の生まれで同じ多摩美出身です。上京が遅れたのか学年は彼が一年下。初対面の時から彼はぼくを「和田君」と呼びました。同い年だからそれで一向に差し支えないんですが、当時は美術学校でも先輩後輩の区別にうるさかったようで、同級生の中に一年上の学生でも「佐藤先輩」「田中先輩」と呼ぶやつがいて、ぼくはそれが嫌で仕方なかった。「佐藤さん」「田中さん」でいいじゃないか、と思ってました。そこへ「和田君」と呼ぶ後輩が現われたので、大歓迎だったんです。すぐに仲よくなりました。

彼は広告、主にキユーピーマヨネーズのために絵を描きデザインしたいい作品をたくさん残したし、小説の挿絵もうまいものでした。井上ひさしさんとは名コンビでしたね。展覧会など自由に作品を発表できる場では、はっきりと反核、反戦の意思表示をしていました。原爆投下の日、彼は国民学校三年生で疎開していたけれど、広島に帰ってみるとお兄さんが命はとりとめていたものの、被爆していた。広島生まれだし、家族のこともあったために反戦の意思が強まったとは思いますが、そうでなくても正義感の強い男だったので、同じ意思表示をしたでしょう。

句会のメンバーで、俳号は初め「鯉人」でした。「りんど」と読む。カープファンらしい俳号です。そのうち飽きたらしく「今困」になった。「こんこん」と読む。意味不明。句会での成績がいい時は上機嫌、悪いと不機嫌になります。カープの成績が悪い時に重なるともっと不機嫌。いい年をしてあまりにも単純なところがみんなに愛されていました。
平成二十年一月三十一日の朝、いつも通りコーヒーを飲んでいた彼は突然血を吐いて救急車で運ばれ、そのまま病院で死んでしまった。死因は上部消化管破裂と発表されました。仲間はびっくりするし、家族にとってもあまりにも思いがけないこと。前日まで元気でした。でも本人にとっては少し前から自覚症状があったのに、我慢強く、家族に心配かけたくないという思いが災いしたんじゃないかと考えてしまいます。

春待たず喧嘩腰にて旅に出る

追悼の句。正義感の強い彼は喧嘩っぱやい男でもありました。「そばにお年寄りが立っているのにシルバーシートに平気で坐ってる若いやつを見ると向こう脛《ずね》を蹴とばして、立て！　と言うんだ」と言うので「やめろよ、近ごろの若いやつはナイフで刺したりするぞ」とぼく。彼は「大丈夫。俺は喧嘩には慣れてるから」と言ってました。

＊

深き河戻らぬ河や初時雨

櫻井順さんは作曲家。無数のコマーシャルソングを作曲しているその世界のベテランですが、コマーシャルソングばかりじゃない。能吉利人と名乗る作詞家と組んだ歌の数々でも知られています。中でも野坂昭如さんが歌った「黒の舟唄」や「マリリン・モンロー・ノー・リターン」が有名ですね。「黒の舟唄」は日本のスタンダードナンバーと言ってもいい名作です。

能吉利人はノー・キリヒトと読みます。もちろんイエス・キリストのパロディ。実は櫻井さんが作詞をする時のペンネームです。譜面には「能吉利人作詞・櫻井順作曲」と記されているので名コンビと思われているかもしれませんが。

句会では「吉利人」が俳号。この場合は「きりんど」と読みます。パロディ好きだから、言葉遊びを入れた俳句もお上手で、句会でも受けています。

ぼくは「マザー・グース」を百二十篇訳して、六十篇ずつ二冊の本になっています。櫻井さんはその全篇に曲をつけてくれました。ぼくがお願いしたわけじゃないんです。読んでいるうちにふと興が乗って、二、三篇に曲をつけてみたら面白くなって全部につけちゃった、ということで、ピアノを弾いてテープにとって聴かせてくれました。

面白くできてるし、せっかく百二十も曲があるんだから譜面に残すだけじゃもったいない、レコードにしようよ、ということになり、東芝レコードの仙波ディレクターに話したら乗ってくれて、六十曲ずつ、二枚のCDにすることになりました。CD一枚で六十曲というのは信じられない数ですが、マザー・グースの詩は長いものもあるけれど四行くらいで終わっちゃうのもあります。そんなのは歌にしても一分に満たないので、六十曲入っちゃうんです。

誰に歌ってもらおうか、という話になった時、「一人の歌手に全編歌ってもらう」「男女二人の歌手が半分ずつ歌う」「数人の歌手にお願いして数曲ずつ」などの案が出ましたが、仙波ディレクターが「全曲別の歌手で」というすごいアイデアを出しました。つまり百二十人の歌手に参加してもらうことになる。コーラスグループにもお願いすると、さらにそれを上まわる人数になります。「でもそれが面白い」と三人の意見が一致して、その案を実現させせました。その人数に交渉するのがひと仕事。櫻井さんとぼくが個人的に親しい人に直接交渉ということもしましたが、大部分はディレクターの役割で、仙波さんは大変だったと思います。

歌ってくれたのは句会のメンバーから岸田今日子さん、中山千夏さん、小沢昭一さん、小室等さん、白石冬美さん、斎藤晴彦さん。ほかには岡村喬生、佐藤しのぶ、といったクラシック系の人も、水前寺清子、坂本冬美といった演歌系の人も。井上陽水、小椋佳、忌野清志郎、イヴェット・ジロー……とても書ききれません。櫻井さんもぼくもすべてのレコーディングに立会いました。時間をとられたけれど、楽しい数か月でした。

マザー・グースから一句。

ゆりかごを乗せし梢や南風

櫻井さん宛ての句は「黒の舟唄」の歌詞「男と女の間には深くて暗い河がある」と映画「帰らざる河」を連想させる「マリリン・モンロー・ノー・リターン」からのいただきです。

＊

鬼火舞ふ峠もありて冬の旅

ぼくが描いたポスターで初めて街に貼られたのは、ヘンリー・ジェイムズ原作、ベンジャミン・ブリテン作曲のオペラ「ねじの回転」のものでした。まだ学生でしたがグラフィックデザイナーとしてデビューしたような気持になって大喜び。舞台美術も少しだけ手伝ったので、稽古を見に行くことができました。

そのオペラの指揮者は**岩城宏之さん**。そっと覗くと歌手の音程についてダメ出しをしている。「君は今こう歌った（アーと声を出す）。正しくはこうだ（アーと声を出す）。もう一度同じところを」と何度も何度もやる。できないと怒鳴ったりする。ぼくには初めの「アー」とあとの「アー」の区別がつきません。同じ音に聴こえます。素人にはわからない微妙な音の差を厳しくチェックしている姿が怖くて、自己紹介したいのにそばに寄ることができませんでした。

ずっと後にお近づきになったのでそのことを話したら、「あの頃は若くて張り切ってたから確かに怖かったかもしれない」ということでした。学生のぼくには年輩の大指揮者に見えたけれど、まだ新進気鋭という時代だったんですね。

岩城さんも句会のメンバーでした。参加された頃はとっくに新進じゃなく、世界のマエストロです。ぼくの第一印象とは違って少しも怖くない。いつもにこにこ、音楽界の面白エピソードなど話して下さる。病気をして、手術を何度もしていますが、手術の話だって面白おかしく話してくれます。手術のあと「大丈夫ですか」なんて心配顔できくと、「手術して悪いところを取っちゃったんだから、大丈夫に決まってるんだ」と明るく答える人でした。

音楽家のサークルに入れば、後輩はピリピリ緊張するのかもしれませんが、わが句会は無礼講で平気で世界のマエストロをからかったりしていました。

岩城さんの句にはヴィヴァルディだのショパンだの音楽家の名前がときどき出てきます。作者がバレる。作者がわかって点を入れる人もいるし、わかりすぎる句は避ける人もいる。ですから成績はいろいろ。成績が悪いとしょんぼりしてる。その代り成績がいいと上機嫌でみんなにシャンパンをふるまってくれたりする。句会では世界の大物に見えない無邪気な人柄で、メンバー全員、岩城さんのファンでした。ご本人も音楽の世界とは違った気楽なサークルですから、くつろいで楽しんでくれていたのでしょう。亡くなったのは音楽界の損失であることはもちろんですが、句会にとってもとても淋しいかぎりです。

岩城さんへの句はシューベルトの「冬の旅」がテーマです。「冬の旅」はヴィルヘルム・ミュラーの詩による連作歌曲。ピアノ伴奏で歌われていたものを鈴木行一さんが管弦楽に編曲して、岩城さんがオーケストラ・アンサンブル金沢を指揮、ヘルマン・プライが歌った、そのCDをいただいたのでお礼も兼ねて詠んだもの。「鬼火」は中の一曲の題名です。

この句を読んだ岩城さんがぼくにそっと「涙が出た。俳句で泣いたのは初めてだよ」と仰言いました。嬉しいお言葉ですけど、ぼくはびっくりしました。そんな感動的な句じゃないし、ふざけた句と思われても仕方がないと思っていましたから。でも考えてみると岩城さんが「冬の旅」をオーケストラでやるという企画は、シューベルトの意図とは違うと批判もされたんだそうです。録音にいたるまでのご苦労もかなりあったらしい。そんなことを思い出されたのかもしれません。

梅雨空に「悲愴」流れて昏れゆけり

岩城さんへの追悼の句です。岩城さんが亡くなったのは平成十八年六月十三日。テレビの追悼番組の中で「悲愴」を振る岩城さんの姿がありました。

イラストレーションの仲間たち

＊

梅が香や坂の上なる武家屋敷

蓬田やすひろさんは時代小説の挿絵の第一人者です。その昔は小村雪岱、石井鶴三、岩田専太郎といった名人がいましたが、現在それらの名人に匹敵するイラストレーターと言えば蓬田さんということになります。現代ものも描くけれど、仕事量から言って時代ものの専門家というイメージを多くの人に与えているようです。

ぼくもイラストレーターですが、時代ものはまったく苦手。そもそも和服というのがうまく描けません。侍が走ると裾はどうなるのか、刀を構えた時の袖はどうなるのか。殿様と家老と家来の髷の違いは？　町人の髷は？　ご隠居と職人と若旦那とやくざの違いは？

戦国時代と江戸時代でどう変わったのか。ほとんどわからない。資料を捜すのですが、手近にある便利な資料と言えば映画の本です。それで時代劇の写真を見るんだけど、小説の描写とぴったりのスチールなんてなかなか見つかりません。そんなわけでたまに描く時代ものは下手糞で、編集者もそれを知ってるから時代ものの依頼は皆無と言っていいでしょう。

ところがある時「銀座百点」の「銀座サロン」というページにゲストで出ることになりました。池内紀さんと北原亜以子さんがホスト、ホステスで、ゲストと問答をするページです。ほとんど毎回ゲストの仕事がテーマになります。ぼくの場合は当然イラストレーションです。それで時代小説がメインのお仕事である北原さんに「時代ものの挿絵は描かないんですか」ときかれました。「昔のことの知識がないので描けないんです。興味はありますけど」と答えたのですが、北原さんの印象には「興味はある」というところが残ったらしく、「興味があるのでやってみたい」という意味にとられちゃった。それでまもなく『まんがら茂平次』の文庫本の表紙依頼が来ました。編集者は「著者の北原さんのご指名です」と言う。「下手糞ですから」とお断りしようかとも思ったけれど、それも失礼かなと思ってお引き受けしました。ところが別の出版社からも『まんがら茂平次』の文庫本が出てるんです。同じ作品が複数の出版社で文庫化されることはよくありますから出ていることに問題はないんですが、既刊の文庫本の表紙は蓬田さんが描いていた。それがぼくには問題。片や名人ですから、もう一冊を描くのは実に荷が重いです。頑張って描いたので勉強になりましたが、なかなか厳しい経験でした。

蓬田さん宛の句は、蓬田さんが描きそうな風景を詠んだものです。

＊

囀に園芸の腰伸ばしけり

舟橋全二君は切り絵が専門のように見えますが、紙を切るだけではなく、木や金属を使った切り絵ふう立体作品もときどき作ります。切り絵のほうはイラストレーターとしての日常の仕事、立体作品は作家として展覧会で発表しています。どちらも他の追随を許さない全ちゃんならではの仕事と言っていいでしょう。

多摩美卒業で、ぼくの六年ほど後輩になります。彼の仕事を初めて見たのは日宣美の公募展に出品して特選になったチャップリンのポスター。その作品がすでに切り絵でした。もっと若い時は普通のイラストレーションを描いていたんだけれど、京橋の近代美術館で見たポーランドのポスター展で、ヘンリック・トマシェフスキーのポスターに感動、その影響で切り絵を始めたのだそうです。

ささめやゆきさんとは従兄弟《いとこ》同士。全ちゃんが一歳上ですが、ぼくが舟橋君とか全ちゃんとか呼んで、ささめやさんは「さん」づけなのは、全ちゃんが多摩美の後輩だからではなく、イラストレーターとしてのキャリアは全ちゃんのほうが長いため、知り合ったのがずっと早かったからです。

この従兄弟、作風はまったく違うけれど、似てるところもあります。外国が好きなところ。タイプは違うのに、どちらにも外国の空気が感じられます。全ちゃんはフォルムと色彩に、ささめやさんはモチーフの選び方と絵のマチエールに。全ちゃんは二十八歳の時からカナダに七年住み、カリフォルニアに居を移して三年、結局十年の外国生活をして帰国。フランス女性と結婚。カナダとアメリカに住んだ男のところにフランス女性が出現したいきさつについては取材をしそこなっておりますが、糠味噌をつける、習字を習う、という和風奥様です。

スイート・ホームは鎌倉にあります。季節によって観光客で大賑わいの鎌倉だけど、全ちゃんのアトリエ兼住居は街の喧騒から離れた小高い丘の中腹にある、白い瀟洒な建物で、庭ではご夫妻で野菜を育ててる。鳥もたくさん来ます。全ちゃん宛ての句はそんな風景です。「囀」なので春の句ですが、全ちゃん得意の切り絵の中の梟《ふくろう》を思い出してもう一句。梟は冬の季語です。

切り紙の梟鳴くや夢の森

＊

煙突のある町並や春日傘

これは**峰岸達君**（普段は峰さんと呼んでます）の描く絵をなぞった句です。峰さんは著書に『昭和少年図鑑』というのがあるように、昭和の町の風景が得意で、「煙突のある町並」もその一つ。と言っても特定のあの作品、というわけではなくて、彼の作品を思い出そうとしたら何となくそんな風景が浮かんできたんです。ここで言う「煙突」は工場の煙突ではなくて銭湯の煙突ですね。今はたいていの家庭に風呂がありますが、昔は必ずしもそうじゃなかった。風呂があっても終戦直後だと燃料が乏しかったら銭湯を利用することが多くて、ぼくも子ども時代は銭湯に行ったものでした。

あの頃の電化製品は扇風機くらいだったかな、それよりも団扇《うちわ》が活躍してましたね。冷蔵庫があっても氷屋さんが運んでくる氷を入れるシステムだったし、冬は火鉢。今の生活から見れば不便だったけれど、豆腐屋さんのラッパや金魚屋さんの売り声など風情があって、横丁には縁台将棋をするおじさんがいて、温かみのあるいい時代でした。峰さんの作品でそんなことを思い出します。

彼の仕事はノスタルジックなものばかりではなく、赤川次郎さんの小説の挿絵、小林信彦さんによる芸人の評伝の挿絵など幅広いし、似顔もいろんな人を描いていますが、彼の似顔というとついトニー谷や往年の時代劇俳優を描いたものを思い出しちゃう。ぼくの記憶の中の「いい昭和」が彼の仕事と結びつくんです。

＊

白浪の傘連なりて花吹雪

湯村輝彦君は「へたうま」という言葉でも知られるイラストレーション界の大御所ですが、ぼくが湯村君と偉そうに呼べるのはぼくが年上で多摩美の先輩だということもあり、彼が超新人時代の六〇年代からの知り合いだからでもあります。彼のほとんどデビュー作と言っていい「江戸の風呂屋」というのが良くて。あれは当時存在していた「東京イラストレーターズ・クラブ」の年鑑に応募して新人賞を獲ったものでした。彼の今のスタイルとは違う、構図がうまいとか、色彩のバランスがいいといったイラストレーションとして整った作品ではあったけれど、絵が持っているユーモラスな味わいは風呂屋にいる人物たちのデッサンがちょっと狂ってる（わざと狂わせてる）ところにあって、それが「へたうま」の源流になっていたような気もします。

彼のデビュー間もない頃に、ぼくが彼の絵を褒めるのに対して山下勇三が「そんなに褒めちゃいかん。あいつはすぐ俺たちを脅やかす存在になる。今のうちに芽を摘んどけ」と言ったことがあります。これは勇三君独得の辛辣な冗談です。それだけ勇三君も彼を認めてたということなんです。

ところで「へたうま」という言葉は『情熱のペンギンごはん』など文と絵で共作していた頃の糸井重里の命名だと思ってたんですが、湯村君にそのことを確かめたら「言い出しっぺは和田さんですよ」と言うんです。「俺そんなこと言った?」ときくと「湯村君の絵は一見下手だけど、実はうまいんだ、って言った、それがへたうまになったんです」ということで、へえそうだったのか、それは光栄だと思ってるんですけどね。

彼宛ての句は彼が描いた「白浪五人男」の絵をそのままいただいたものです。「話の特集」のADをやってた頃に、彼に「歌舞伎をテーマに描いて」とグラビアページのための絵を依頼した、その中の一枚でした。湯村君のお父さんは明治座の支配人だったから、湯村君は子どもの頃から親に連れられて毎月明治座と歌舞伎座と新橋演舞場を観てた、ということを聞いていたので歌舞伎テーマを頼んだのでした。その絵はなかなかの傑作で、田中一光さんも感心して『年鑑イラストレーション'80』の表紙にしました。これが彼の「へたうま」が奔り出るごく初期のものだったでしょう。

彼の「へたうま」理論の中に「下手になるための努力をする」というのがあります。「へたうま」があるのなら「うまへた」があってもいいだろう、「うまうま」や「へたへた」もあると。で、「へたへた」はだめだけど「うまうま」もつまらない、「下手になるための努力」というのは下手な絵をいっぱい見ること。便所の落書きなんかすごく勉強になる。うまく絵を描こうという気持が虚しく感じられる。というのが彼の理論というか哲学です。理解できるところもあるけれど、ぼくはうまい絵を描こうと努力してきた人間だから困っちゃう。しかも彼の絵にうんと魅力を感じてるんだから、もっと困っちゃいます。

＊

白き空青き柳の眺めかな

イラストレーター仲間と一つの画面に二人で描いて作品にする、というのは若い頃一緒にヨーロッパに行った横尾ちゃんとその旅をテーマに共作したのが最初で、その次は湯村輝彦君と「こよみのこよみ」という歌の絵本で絵を半々に描いたもの。あとは灘本さんの古稀記念の展覧会だったかな、灘本さんが描いた絵がプリントされていて、大勢のイラストレーターがその絵の余白にそれぞれ描き込む、という企画に参加した時。宇野さんとの共作はやはり宇野さんの絵の余白に指名されたイラストレーター何人かが描き込むという展覧会で。宇野さんと共作の絵ハガキを作ったのは割合最近の話です。

そして誰よりも共作が多いのが**安西水丸さん**。平成十四年に「スペース・ユイ」というギャラリーが水丸さんと共作の展覧会を企画して二人が乗ったのが最初で、それから毎年ゴールデンウィークあたりにやってます。テーマは二人でアイデアを出し合って決めます。諺でいこうとか、テーブルの上にあるものを描こうとか。ここ数年は「アドリブ」というタイトルのもとにやってるんですが、これは打ち合わせなし。片方が画面の左側にその時思いついたものを描き、もう片方が左側の絵とバランスがとれるような絵を右側に描く。思いがけない結果になって面白いです。ただしあとから描くほうは失敗できないので緊張しますけど。

平成十四年の一回目は三十点ほど描いた中で、一つの画面に二人で描くのが約半分、残りの半分はそれぞれが一人で描く、というスタイルをとりました。水丸さんが一人で描いた作品の中に blue willow というのがあって、ぼくが買ったのですが、それは皿の絵。「ブルーウィロー」はその皿に描かれた絵柄の名称なんですね。

二人が共作展を始める何年か前に、水丸さんのアトリエを訪ねたことがあります。彼はいろいろなものをコレクションしていて、見せてくれました。まずはスノードーム。小さなガラス玉の中に雪がある風景が作られていて、玉をゆすると雪が舞ってきれい、という各国のスーヴェニールショップで売っているやつです。水丸さんはスノードームのコレクターとしても有名です。そしてもうひとつがブルーウィローの皿。絵柄は全体が中国の庭園ふう。大きな湖をはさんでこちら側にも向こう側にも建物がある。池に舟が浮かんでいる。まん中に柳の木があって、空に二羽の鳥が飛んでいる。イギリスのヴィクトリア時代らしい描き込んだ青い絵柄です。

この絵柄にはストーリイがあるのだ、と水丸さんは説明してくれました。中国の話。高官の家の娘が高官の青年秘書と恋に落ちて駈け落ちしちゃう。舟で島に渡って幸せに暮らそうとする。当時の中国は政略結婚が当たり前。親の許しを得ないで、と怒った高官は追っ手をさしむけて男を殺しちゃう。それで彼女もあとを追って自殺。二人の魂は鳥になって空を舞っている。という物語が皿の絵になっているのだそうです。そしてこの絵柄は人気があって各国でたくさん作られている。絵柄が少しずつ違うのが面白くてコレクションしているんですって。

その話をきいてから何年もたった頃、シチリアを旅してたらアンティック屋さんにブルーウィローが何枚も飾られていたんです。あまり高くなかったので二枚買いました。一枚は自宅に置き、一枚は仕事場に飾りました。水丸さんが描いたブルーウィローの絵を飾っていたので、絵と実物が並んでなかなか素敵です。

水丸さん宛ての句は、ブルーウィローの絵柄にしました。

＊

墨絵より風吹き出せる柳かな

灘本唯人さんはイラストレーション界での大先輩。どのくらい先輩かと言うと、戦時中ぼくが疎開児童だった時に灘本さんは予科練にいたんです。お話をきくと鹿児島の基地で敵襲に備えて塹壕掘りばかりやらされていた一方、特攻隊として飛びたつ仲間を何度も見送ったそうです。「灘本さんの番はこなかったんですか」ときいたら「みんな帰ってこないからもう飛行機がなかった」とのこと。もし飛行機があったらイラストレーション界の大損失になっていたわけですね。

敗戦で家に帰るに当たって予科練の服を着てると進駐軍に殺されるという噂が立ったから、農家に行って野良着に着替えて逃げたとか、いろいろなエピソードを経て、子どもの頃から好きだった絵を生かして現在があります。

生まれは神戸で生家はお風呂屋さん。小さい時には番台でお母さんの傍に坐ってたそうで、女性が着物を脱ぐ姿など見ていたことが今の仕事で色っぽい女性を描くのに役立ってるかもしれない、ということです。それと、銭湯の脱衣所には映画のポスターが貼ってある。ポスターの絵柄がインプットされてる。映画館の人がポスター貼りに来る時に入場券をくれる。子どもの灘本さんはその券で映画を観る。「鞍馬天狗」など時代劇が多かった、ということも今、時代ものを描くのに役立ってるし、若い頃読んでいた新聞小説の挿絵にも影響を受けたそうです。

灘本さんの作品は和風のものもあるし洋風のものもあります。洋風のものはとてもバタくさくて粋でお洒落です。その感覚は戦後にたくさん観た外国映画から学んだものらしい。横長に描いたモノクロのパリの街角の絵なんかとても素敵で「パリにいつ行ったんですか」ときいたら「行ったことないよ。映画で観ただけ」ですって。マレーネ・ディートリッヒやジャン・ギャバンのポートレートがとてもいいし、特定の人物でなくても酒場のカウンターにもたれているジゴロ風の男、なんていうのもフランス映画の気分です。

和ものは時代劇。洋ものの洒落た色彩に対してこちらは墨と筆による描線で、さまざまな人物が生まれています。侍あり、下町の女房あり、頬かぶりの怪しげな男あり。時代ものが苦手なぼくは「資料を見て描くんですか」ときいたことがあるんですが「何も見ないよ」と仰言います。先ほど述べた子どもの頃からのインプットが大きいんですね。

人物でなく柳の木一本描いてもみごとな灘本タッチが生きていて、風でなびく柳を描いた墨絵がたいそう印象に残っています。灘本さん宛ての句はその柳です。

趣味の多いかたで、スケートが上手で国体に出場したこともあり、歌が上手でＮＨＫのど自慢の番組で入賞したり、などいろいろ。歌が上手ですからカラオケでもいい喉を聴かせてくれます。ぼくは「カラオケなんて」と嫌がっていたのですが、灘本さんに誘われて一度行って以来、誘われれば行くようになりました。

俳句もなかなかのものです。今はちょっと遠ざかっておられますが、句会のメンバーでもありました。俳号は「晩爺」。「ばんや」と読みます。ニックネームの「バンジイ」から来ております。アイヴィルック全盛の頃、灘本さんはＶＡＮジャケットを着ていました。それを見た若い衆（イラストレーターかデザイナーかコピーライターか）が「ＶＡＮを着るお爺さん」という意味で名づけたんです。その頃灘本さんはまだ三十代だったのに。

＊

犬の目の語り続けし薄暑かな

山本容子さんは銅版画の名手で、ぼくの銅版画の師匠でもあります。

容子さんにはルーカスという名の愛犬がいました。その愛犬を絵本にしたのが『犬のルーカス』です。その時期、ぼくの家にはシジミという名の猫がいました。『犬のルーカス』を出した出版社から絵本の依頼が来た時、容子さんが自分の愛犬をテーマにしたと同様に、ぼくも愛猫シジミをテーマにしたら『犬のルーカス』と対《つい》になる絵本ができると思い、題名も『ねこのシジミ』にしようと考えました。どうせ対にするなら絵の手法も同じがいい、とも。手法を同じにするならいつもと同じ絵具で描くのではなく、銅版画にしなくちゃいけない。でもぼくは銅版画をやったことがない。

正確に言うと銅版による作品はあったのですが、それはみな専門家がお膳立てをしてくれて、用意された銅版に鉄筆で絵を描くだけがぼくの作業、刷るのは専門の刷り師、というものでした。今度はそれじゃ面白くない。容子さんは何から何まで自分でやる本物の版画家ですから、対にしたいなら作業も同じでないといけないと思ったんです。

そこで容子さんに直接相談しました。刷るのも自分でやるならプレス機が必要だと思ったので買い方を教わることから始めて、一から手ほどきを受けました。容子さんはぼくの仕事場に来て、懇切丁寧に指導してくれたんです。何とかできるようになったので銅版画第一号を文庫本の表紙に使い、そのことを報告したら、「もう仕事に使ったの？　厚かましい」と呆れられました。

『ねこのシジミ』は無事完成。『犬のルーカス』に次いで出版されました。その後、容子さんに手ほどきを受けた佐野洋子さん、沢野ひとしさんと一緒に師匠の容子さんを中心とした銅版画展「山本容子と子分たち」を開いたり、容子さんとぼくが映画をテーマとする「二人のシネマ」展を開いたり。「二人のシネマ」は銅版画だけでなく油絵の共作もしました。大きなキャンバスに「七人の侍」「ゴッドファーザー」など二人が少しずつ描いて埋める試みです。そのため容子さんのアトリエに通い、そこでルーカスとご対面。ルーカスと顔を合わせると何か語りかけるように見つめてくれる。すでに老犬になりつつありましたが、お利巧さんのいい犬でした。「犬の目」の句は「暑いねえ、ぼくは毛皮を着てるし」と言っているルーカスです。

ルーカスもシジミも、もういません。彼らは人間より寿命が短いので、いつか送り出さなきゃならない。そこが哀しいところです。一緒に暮らした楽しい日々は、いい思い出ですけど。

＊

シーサーの口で受けゐる夏日かな

イラストレーター**南伸坊さん**は「イラストライター」と自称していた時もありました。絵も描くし文章も書くのでイラストレーターであるしライターでもあるという意味の造語ですが、いつのまにか使わなくなりました。わけをきくと「もう飽きちゃった」ということでした。その後もライターでもあることに変わりはなく、文章も上手だし軽妙で面白いです。絵のほうも軽妙で面白い。そして優れたグラフィックデザイナーでもあります。いい装丁をたくさんやってます。

『装丁』という本を出したことがある。自分が装丁した本の図版たっぷりに、その解説を兼ねたエッセイがついた本。カヴァーには職人ふうのいでたちをした伸坊さん自身の写真が使われている。これは「装丁」という言葉を「園丁」とか「馬丁」などと同じ意味に使った洒落なんですね。「装丁家と名乗ると立派すぎる」と「前口上」に書いてます。

自ら扮装して写真を撮る（撮られる、撮ってもらう）というのは伸坊さんの遊びでもあり、それが仕事になることも多いです。初めは顔真似だったのが表情だけでなくカツラをつけたり髭をつけたり、さらに衣裳に凝ったり、エスカレートして扮した人物のゆかりの地に立って写真を撮ったりする。それが本になったのが『歴史上の本人』で、歴史上の人物として二宮尊徳にもなるし松尾芭蕉にもなる。聖徳太子にも清水次郎長にも織田信長にもなる。扮装してゆかりの地に立つと、その人物の気持になり、その人物としてコメントできる、というのが彼の意見で、実際にそのようにした本です。抱腹絶倒なんだけど、妙に納得もできるんです。

小野道風になった時の話が面白いです。道風と言えば傘をさして蛙が柳に跳びつくのを眺めている姿が有名。花札の絵にあるからね。池と柳がある京都の公園で花札通りの衣裳と傘で写真を撮ってると係の人が来て「何やってるんですか」ときく。「写真撮ってるんです」と答える。雑誌のための撮影となると事前に許可をとらなきゃいけない場所もあるので「雑誌?」ときかれて「いいえ、ただ趣味で」と答えると、そこに乗せてきたタクシーの運転手も一緒に「趣味なんだよ」と言ってくれた、という話。自分で言うのはいいけれど、人に「趣味」って言われるとどうもおかしな奴と思われているみたいで具合が悪い、と。怪しい奴じゃないけれど、面白おかしい奴であることは確かです。

不思議なことに金太郎、日光の眠り猫、天狗、キムジナー、なんてのにも扮している。こんな連中を歴史上の人物として扱っているところも抱腹絶倒たるゆえんでありますね。

伸坊さん宛ての句は、事情を知らない人が読めばただ沖縄の風物を詠んだもの、と思うでしょう。どっこい、これは彼が扮したシーサーを詠んだ句です。赤い衣裳で顔を赤く塗って怖い顔で大口を開けている、わざわざ沖縄まで行って撮った写真。これがぼくにはとても感動的だったので。因みに衣裳調達、あるいは衣裳製作と撮影は奥さんの担当です。いい夫婦だなあ。

ついでの話。ここでは「伸坊さん」と書いていますが、普段彼を呼ぶ時は「伸坊」で、さん付けにはしてません。それはぼくがエバって呼びつけにしてるんじゃなく、「伸坊」

には「伸ちゃん」というニュアンスがあるでしょ。呼びかける時に「伸ちゃんさん」では変な気がするからです。

＊

夕凪の浜辺にハモる少女達

山口はるみさんはすべての若い女性イラストレーターの憧れの人です。仕事をする女性がまだ少なかった頃から大活躍していたイラストレーターですから。はるみさんは「そんなこと言われたら年寄りみたいじゃないの」と怒るかもしれませんけど。そんなこと思ってもいませんよ。でもはるみさんが開拓者であったことは確かです。

はるみさんは芸大出身。油絵を学んでいましたが、イラストレーションのほうに魅力を感じて転向しました。すぐに西武デパートの新聞広告に素敵な絵を描いて注目されます。芸大時代に美術の基礎を本格的に学んだせいでしょうか、確かなデッサン力、構成力を発揮して日本における女性イラストレーターの先駆者になりました。先駆者なんて言うとまた怒られそうですけどね。

やがてエアブラシの技法を身につけて、見事なスーパーリアリズムの作品を世に送り続けます。スーパーリアリズムというと自動車やらロケットやら機械の部品やら山岳の風景やらにうまく適応して一つの時代を築きましたが、はるみさんが描くのはそれとは違って主に女性です。さまざまなシチュエーションにおけるさまざまな女性の姿。大きなポスターを含む「西武百貨店」「パルコ」の一連の作品がぼくたちを驚嘆させます。

その頃の素晴らしい仕事のひとつに山田宏一の女優についてのエッセイにつけた絵があります。「話の特集」の連載で、のちに『映画の夢・夢の女』という本になりました。これもエアブラシの技法が効果を発揮しています。

けれどもエアブラシというのは絵具の霧を紙に吹きつける技法です。その霧をうっかり吸い込んだら身体に悪いでしょう。だからこの手法を使う人はみなさんマスクをかけて仕事をします。でもガーゼの隙間から霧が入り込むかもしれない。そう思ってぼくははるみさんに「エアブラシはやめたほうがいいんじゃないの」と余計なお節介とは知りつつ言ったことがあります。そのせいかどうか知りませんが、はるみさんはその技法を少なくし、やがてやめてしまいました。残念がったファンも多いと思います。

しかし一時期は「エアブラシのはるみさん」であっても、それだけの人じゃない。すぐに別の描き方で（エアブラシをたまに入れたけど）パルコのポスター、自立する女性を描く

「（誰々）のように」のシリーズを手がけます。企画ともどもこれまた素晴らしい出来で、『WOMEN』という画集になっています。

はるみさんはしとやかに見えますが（実際しとやかだけど）ボウリングの名手だしゴルフもピンポンも上手なスポーツウーマンです。そして歌うことが好きです。カラオケもバッチリ。ほかの人の歌に合わせて即興でハモることもできます。「どうしてそんなことができるの」ときいたことがあります。はるみさんは島根県松江の生まれ。お父さんは大学教授で、兄妹仲よく歌を歌っていたというインテリのおうち。日本海を望む砂浜で兄妹で歌っていたそうです。それもユニゾンじゃない。ちゃんとハーモニーをつけて。少女時代からそんなことやってたんだから、カラオケでちょいとハモるのなんかお茶の子です。

というわけで、はるみさんへの句はそのことを詠んだ想像上の句。最初は中七を「浜にハモれる」としたのですが、ハモるという現代語を文語体にするのは妙だと気がついて「浜辺にハモる」としました。「少女達」を「美少女達」にしたかったのですが（美少女に違いないんだけど）字余りになるのであきらめました。

そうそう、はるみさんは俳句も上手です。「句会」のメンバーだったこともありますが、現在は何故か遠ざかっておいでです。その頃のはるみさんの句で印象的なのは、

ひと抱への薔薇をわたくしのために買ふ　はる女

美くも哀調漂う名句だと思います。

＊

洞窟を行く少年の夏帽子

横尾忠則君との初対面は田中一光さんのお宅で。一九六〇年のことですから半世紀を過ぎました。ぼくは田中一光さんが勤務デザイナーだったライトパブリシティに入社して二年目で、イラストレーションの仕事を会社以外でも始めていた頃でした。一光さんはすでにグラフィックデザイナーとして中堅どころで、あちこちから仕事の依頼が来ます。その仕事に絵が必要な時には、ぼくに声をかけてくれる。一光さんは真面目なかたで、社内でよその会社の話はしません。「会社が終わったら家に寄ってくれ」と言われて一光さん宅で打ち合わせになります。そういう時に訪ねて来た若者がいました。一光さんは「彼は横尾忠則君、こっちが和田誠君」と紹介してくれました。ぼくは「ふしぎなふえふきの横尾さんですか」と言い、彼は「夜のマルグリットの和田さんですね」と言う。「ふしぎなふえふき」と「夜のマルグリット」は二人が日宣美展に応募した作品の題名で、どちらも受賞したためお互い顔も知らないけれど、題名と作者名はしっかり憶えていたんです。

一光さんは奈良、横尾君は神戸。関西出身の先輩後輩ということで、横尾君は一光さんを訪ねたのでしょう。用件を終えたぼくたち二人は一緒に一光宅を出て、地下鉄で渋谷まで行き、別の電車でそれぞれの家に帰りました。短時間でしたが話していると同い年だということがわかり、何となく意気投合しました。

まもなく一光さんは日本デザインセンターに引き抜かれて入社。横尾君もデザインセンターに入りました。デザインセンターもライトパブリシティも銀座にあって、両社のメンバーは昼めし時によく馴染の中華料理店で出会うんです。センターには宇野亜喜良さんもいて、宇野さん、横尾君、ぼくはしばしばその店で中華ご飯を食べながらイラストレーションの話をしました。すぐに彼は「和田君」、ぼくは「横尾ちゃん」と呼ぶようになって、そのままずっとのお付き合いです。

やがて宇野さんと横尾ちゃんはセンターから独立し、原田維夫君と三人で「イルフィル」という事務所を設立します。そこも銀座だったので、ぼくはときどきイルフィルに遊びに行きました。そんなある日、イルフィルの横尾ちゃんコーナーの壁に貼ってあった春日八郎のポスターを見てびっくり。横尾ちゃんは、上手なデザイナー、お洒落な絵を描くイラストレーターだったはずなのに、そういうまともな気分とは逆な作品でしたから。でもそのことが強烈で面白い。横尾ちゃんは突然「完成度の高いデザイン」をよしとするデザイン界に反旗をひるがえした。それからの彼の活躍は目覚ましいものでした。デザイン界より先にアーティストとしての彼を認めたのが三島由紀夫であり寺山修司であり唐十郎などだったから、「劇団天井桟敷」や「状況劇場」のためのポスターを次々に依頼されて、どれもが凄い出来ばえ。日本の大物デザイン評論家が「あんなものは認めない」なんて馬鹿なことを言ってるのを尻目にニューヨークに招聘されて個展を開いて成功、世界のヨコオになっちゃった。

その後もしばらく彼はイラストレーターでありデザイナーでもあったのですが、ある時「画家宣言」をしました。それからはたまにポスターも作るけど、仕事の主流は大きなキャンバスに描く「絵画」ですね。だからと言っていわゆる「画壇」の仲間にはならずに一匹狼みたいにやってるようです。モチーフはターザンであったり、宝塚のスターであったり、銭湯であったり、夢であったり、Y字路であったりいろいろですが、その中に少年時代に読んだ少年小説の挿絵を思い出して描いたものがあります。江戸川乱歩の「少年探偵団」のイメージかな。絵の中の少年たちは学帽に白い覆いをかけています。ぼくらの時代、夏はそうする習慣でした。

横尾ちゃん宛ての句は、そのシリーズの絵そのままです。

ついでに言うと横尾ちゃんは俳句に興味はなさそうですが、最近は小説を書き、書評もします。小説では鏡花賞も受賞してる。客観的には今やたいへん立派な芸術家ですが、会って話したり電話で喋ったりする時は昔のまんま。ぼくにむずかしいことを言っても理解できないことを知っているので「熱射病で寝てた」とか「いろいろめんどくさい」とか、そんな話ばかりです。

＊

轡虫バケツの穴の出入りかな

下谷二助さんはユニークなイラストレーターです。ご本人は特にユニークとは思ってないかもしれませんけど。挿絵を描いたり、雑誌の表紙の絵を描いたり、グループ展に参加したり、みんなと同じことをしているわけですから。でも生み出す作品はユニークですね。
例えば、そばを特集したムックの表紙に描いたのは、そば打ちのおじさんらしい人がそば粉ではなく自分の頭を麺棒で伸ばしてる絵だし、自著『描く書くしかじか』の表紙に描いたのは下駄履いて歩いてる男の後頭部に穴があいていて、その中にもう一人、本を読む男がいるという絵です。人形をテーマにしたグループ展に出品したのは「火を吹く男」で、四つん這いになった男が時間が来ると本当に火を吹く。その仕掛けを工夫するのは大変面倒なことだと思うけれど、そういう手間をいとわない。いずれも奇妙ですが不気味ではなくユーモラスで面白い。

さらにユニークなのは不思議なもののコレクターであるところです。ひとつはネズミ捕り。もうひとつはバケツ。二助さんの仕事場を訪ねると世界中のネズミ捕りとバケツが天井からぶら下がっています。リスボンのネズミ捕り、ザンビアのネズミ捕り、カメルーンのバケツ、コンゴのバケツ……。それらのものは現地で買うんですから、あちこち旅してるわけですね。ユニークなところを。飛行機に乗るのに係員がワイロを取ったとか、うっかり兵舎を撮ったら捕まって、兵隊にワイロを取られたとか、そんなところをバケツやネズミ捕りを担いで歩くんだから大変です。最近もそんな旅をしてるんでしょうか。還暦すぎて冒険旅行はひかえてるかな。

二助さん宛ての句はバケツをテーマにしました。轡虫がバケツに入ったかどうかは知りません。ぼくの想像です。

＊

アトリエの日々の速さや夏惜しむ

これは井筒啓之君に宛てた句ですが、自分のペースで絵を描く絵描きさんではなく、締切を抱えているイラストレーターなら誰にも当てはまる思いかもしれません。で、この句を詠んだ時、つまり『白い嘘』が発行された時に、井筒君は柳美里さんの新聞小説「8月の果て」の挿絵を担当していました。つまり毎日毎日が締切なんです。作家が何日分かをまとめて書いてくれることもあるでしょうが、井筒君は新聞の挿絵のほかに装丁のための絵を描くとか、グループ展に参加するとか、いろいろと忙しいです。

忙しいです、と断定するほど彼を身近に見ているわけではないけれども、ずっと前から売れっ子イラストレーターでしたから、そうに違いないと思ったんですね。ぼくは新聞小説の挿絵の経験はないんですが、毎日描くのは大変だということくらい、想像できます。毎日描くというだけじゃなく、読まなきゃいけない。何が書いてあるか知らないと描けませんから。では登場人物がどんな顔をしているのか、どんな服を着ているのか、時代背景が大切な小説なら、その時代の人物はどうか、風景はどうか、建物は、乗物は、と調べなきゃいけない。その上、時間を空けて待機してても作家からの原稿が来ない、などなんだかんだとあるだろう。そんなこと考えると俺にはデイリーの新聞小説に挿絵は描けないなあ、と思っちゃいます。

ウィークリイの仕事はやってます。新聞の挿絵は朝日と毎日、「週刊文春」の表紙、と三つ抱えているんですが、それぞれ一週間に一回の締切ですから、デイリーの仕事よりずっと楽です。それでも締切が来ると「もう一週間たっちゃった。時間がたつのは何て速いんだろう」と毎度思います。そんなわけで日刊新聞の挿絵を描いている井筒君にしてみれば「アトリエの日々の速さ」なんじゃないかと勝手に詠みました。

実は彼の仕事場を見たことはありません。「アトリエ」なんて言葉を使うと、広い空間にイーゼルを立てて描いている画家の姿を思い起こしますが、イラストレーターですからね、食事のあと、食器を片づけてから食卓で描いている人だっているかもしれないじゃないですか。井筒君がそうだと言ってるわけじゃないですよ。

彼は真面目な青年です。いやもうとっくに青年とは言えないんだけど、ぼくから見ると好青年です。ぼくたちの所属するＴＩＳ（東京イラストレーターズ・ソサエティ）の会議でもシリアスなきちんとした発言をします。ぼくなんかそういう席でチャラチャラしたことを言うもんだから彼に睨まれそう。

奥さんのりっちゃんもイラストレーター。カラオケで「天城越え」を歌うと絶品です。

*

旅の背に薩摩生まれか赤蜻蛉

唐仁原教久さんはイラストレーターでありデザイナーでありHBスタジオとHBギャラリーの経営者でもあります。仕事柄HBは鉛筆の濃度を表わす略語かと思いましたが、実はハッピー・バースデイの頭文字なんだそうです。

HBスタジオは彼の仕事場。数人のスタッフは、みんな若くて素敵な女性。ぼくが「イエスの箱舟みたい」と言うと彼は厭な顔をしますが。彼女たちは唐仁原さんのアシスタントとしてよく働くだけじゃなく、イラストレーターとして着実に育っています。それは彼がイラストレーションの先輩として後輩を上手に指導しているからでしょう。

唐仁原さんは控え目な人柄ですが、次世代のイラストレーターを育てることに関しては積極的です。HBギャラリーの経営もその表われ。表参道にある小ぢんまりとした画廊だけど、若いイラストレーターに個展を開くチャンスをたくさん与えています。毎週金曜日が初日で、ぼくは時間があれば初日に出かけて、オープニングパーティに顔を出します。ビール目当てに来る近所のおっさんに見えるかもしれません。でも若い人の仕事を見ると刺激を受けるし、古手のぼくの知らない技法などを見ると勉強になるんです。ぼくだけじゃなく、世に出ているイラストレーターたちもちらほら見に来るので、個展の当人である若い人たちにとっても刺激になるでしょう。

若い人の展覧会が多いのがＨＢギャラリーの特徴ですが、中堅、ベテランの人たちもときどき個展を開きます。ぼくも一年に一度ほど声をかけられて、描きおろしを展示したり、すでに仕事で使った原画を披露したりしています。

唐仁原さんは鹿児島生まれ。郷土愛も強く、親類がＨＢギャラリーをヒントに画廊を開く、という時には力を貸すし、九州出身の若いイラストレーターに呼びかけて一緒に勉強会を開いたり。そういうところにも彼のイラストレーションに関する貢献度の高さを感じるんです。

親類の画廊、Ｕ１スペースに招ばれて、ぼくも個展を開いたことがあります。飾りつけもあり、前日から鹿児島に妻と出かけました。ぼくは旅をあまりしないので鹿児島訪問はそれが二度目になります。温泉つきの宿をとってもらって、楽しい旅になりました。

唐仁原さん宛ての句はその旅より以前のもので写生句ではありません。彼の描くイラストレーションに出てくる男の後ろ姿を思い出して、彼の郷里に結びつけたものです。

＊

鰯雲人に友あり酒もあり

先日、**長友啓典君**から著者『装丁問答』を贈られました。グラフィックデザイナーでありイラストレーターでもある彼は装丁もたくさんしています。そういう立場から、彼の目についたたくさんの装丁について感想を記したエッセイ集でもあり評論集でもある本。「目についた装丁」というのは彼が「いいと思った装丁」のことで、有難いことにぼくの装丁した本を二冊ほど採り上げてくれています。トモさんの人柄からすれば駄目な装丁を採り上げて酷評することはないでしょうし。

この本の巻末に**黒田征太郎君**が「長友のこと」と題してトモさんとの付き合いについて記した文章が載っています。その中に「人生を振り返ることはほとんどしないけれども、あの和田誠さんのひとことが僕たちを近づけたことに間違いはない」という一節があってビックリしました。その「ひとこと」というのは二人ともまだうんと若かった頃（ぼくは二人より三つばかり上というだけなので、ぼくもそこそこ若い時代）、日宣美の公募展に二人が合作で出品したストリップ劇場のポスター（日劇ミュージックホールのポスターだったと記憶する）が入選し、展示されたその作品を見てぼくが絶讃したことです。まだ知り合っていなかったので、面と向かって褒めたのかどうか記憶がないんですが、どこかのデザイン雑誌に「あの作品はただの入選ではなく、入賞でないとおかしい」というようなコメントを発表したことは憶えています。達者なイラストレーションとその色彩、バランスのいいデザインに感心したのでした。でもその「ひとこと」が彼らを近づけたとは考えてもみなかったのでビックリなんです。そのひとことなんかに関係なくいい相棒だと思っていたし。その時点ではどっちが絵でどっちがデザインの分担なのかわかりませんでした。少したってトモさんはデザインの世界で、クロちゃんがイラストレーションの世界で頭角を現わしたので、クロちゃんが絵、トモさんがデザインだと思いましたが、知り合ってからそれが逆だということがわかった。デザイン一本槍だと思ってたトモさんは絵もうまいと知ったのは意外でもありましたが、その後イラストレーターとしても活躍していることを思えば意外でもなんでもなかったわけです。

今ぼくはトモさん、クロちゃんと書いています。ぼくが彼らに使う呼び名です。トモさんは多くの人が使ってます。クロちゃんはちょっとコワモテなので誰もが使うとは限らないような気がします。

さてこの名コンビは「K2」というデザイン会社を作って今日にいたっています。黒田のKと啓典のKでK2。もうずいぶん長く、順調に続いてる様子。二人のコンビがいいのでしょう。と言っても二人は正反対の性格。トモさんがK2を守りながら地道に仕事をしているのに対して、クロちゃんは自分の魂につき動かされているように核兵器廃絶の運動をし、巨大な画面に公開で絵を描いて見せるライヴをやったりしてる。東京に落ちついていない。糟糠の妻と気まぐれ亭主のようだ、と言うと気まぐれ亭主がよくないと言ってるみたいだけれど、どちらもいい仕事をしてるからお互いに認め合っていて文句はない。素敵な友情です。

二人の共通点はどちらも飲むのが好きなこと。飲むのはもちろんアルコール類です。酔い方はそれぞれですけどね。どちらがどうなのかはご想像におまかせします。

トモさんに宛てた句は同時にクロちゃんに宛てた句でもあります。二人の友情に乾杯！というつもり。

＊

北風や世界は青き壜の底

ささめやゆきさんはイラストレーターであり版画家であり絵本作家であり、エッセイもなかなか素晴らしく素敵な画文集が何冊もあります。「ささめやゆき」はペンネームで、本名は細谷正之。「細雪」を「ささめゆき」と読むのと同じで「細谷」が「ささめや」になるわけですね。「ゆき」は「ささめゆき」の「ゆき」ではなくて「正之」の下の字から。版画は本名で発表しているそうです。舟橋全ちゃんと従兄弟同士だということは全ちゃんの項で書きました。

ちょっと変わった経歴の持ち主で、一時は集英社で日本文学全集の編集をやっていたけど臨時社員。仕事は正社員と同じなのに待遇の差があるので組合運動をやってたのが組合が劣勢になってクビ同然で退社して、絵の勉強に行くつもりでフランスへ。昔は絵に興味はなかったのに、集英社に通う途中、電車から見た川崎の工場の煙がきれいだと思ってキャンバスを買って油絵を描き始めて、初めは描き方もわからなくて落ち込んでいて、三か月日にヤケになってパレットに残る絵具を全部塗っちゃったら、それがいい絵になっていて、絵を描く魅力にとりつかれた、のだそうです。

横浜から船でソ連、シベリア鉄道でパリ。パリに一年いてニューヨークへ。食うために日本食レストランで皿洗い。そこのコックが観光ビザで働いてたのがバレて国外追放に。オーナーに「コックやったことあるか」ときかれて「あります」とウソついてコックになった。前のコックのやり方を見ていたからチャーハンくらい作れる。自分で工夫してうまいのができた。それが評判になって、ジョン・レノンやらボブ・ディランなどが食べに来る。オーナーに「永住権とってやるからずっといてくれ」と言われてその気になったけど、絵を描くことを思い出して、フランスに戻り、「都会はもういいや」とパリではなくシェルブールに住んで絵を描いて暮らし、日本に帰って大活躍が始まってこんにちに至る、というわけ。クビ同然でやめた会社発行の文芸誌「すばる」の表紙絵を八年間やって「人生は回り舞台」と感じたということです。

ささめやさんは絵を描く以外、自宅のアプローチを敷石の道にしたり、壁を塗ったりと手作りでいろいろのことをするのが得意。梅干も作ります。わが家に送ってくださる手作り梅干は妻の大好物です。

ささめやさん宛ての句は、ささめやさんの作品のイメージです。作品全体から来る気分で詠んだのですが、あとで気がついたらぼくは青い壜の中に女性がいる絵を持っていたんです。ささめやさんが展覧会を開くと、いつも作品が欲しくなって、小品を一点買ってしまうので、すでに何点も持っていて、青い壜の絵もそのひとつでした。

実はこの句、上五を「夏雲や」としていました。下七五に合うと思って。ところが絵には「WINTER WIND」と記されていることを思い出して、上五を変更させていただきました。

＊

大いなる運河目指せし冬鷗

宇野亜喜良さんはぼくより二歳だけ年上ですが、ぼくにとっては頭の上がらぬ大先輩です。ただし宇野さんのほうはこれっぽっちも先輩風を吹かせない人柄で、ぼくを親しい友人として扱ってくれます。

ぼくが多摩美一年生の時、薬のコルゲンコーワが「蛙カットコンクール」というのをやったので応募しました。

結果の発表が載った新聞を見ると一等賞は二人いて、一人がぼく（これにはビックリ）もう一人がウノアキラという人でした。

それから一年ほどたって、宇野亜喜良の名前で二冊の絵本が出版されました。素敵にきれいでお洒落な絵本だったからすっかり感心しつつ、この宇野さんがあのウノアキラさんなんだ、ぼくは絵本を作ることに関心はあるけど学生にとっては遠い夢のような話なのに、あの時新聞に名前が並んだウノさんはもうこんないい仕事をされてるんだと思って、それ以来ずっと憧れの大先輩というわけなんです。

ぼくがライトパブリシティに入社してまもなく日本デザインセンターが設立されました。ライトよりもスケールの大きなデザイン会社で、優秀なデザイナー、イラストレーターがたくさん集められた中に宇野さんもいました。その頃すでに宇野さんらしいスタイルが確立しつつあったと思います。幻想的なメタモルフォーズ、抒情的なエロティシズム、しっかりしたデッサン力に裏打ちされた流麗な描線。

ライトもセンターも銀座にあったので、昼休みにお互いの会社の中間地点で会ってセンターの社員だった横尾ちゃんも一緒に食事をしたりおしゃべりをしたり、その頃からのおつき合いです。

宇野さんも俳句をたしなみます。二つの句会に参加しているそうですから、たしなむ、という程度ではなく、もっと深みにはまってるかもしれない。俳号は「左亭」。宇野さんは左ききです。あの流麗な線は左手から生まれています。エリック・サティの音楽がお好きなようで、俳号の由来はその両方が入っているんでしょう。直接伺ったのではなく、ぼくの想像ですが。

ぼくの知る限りで、宇野さんの句集は二冊あります。一冊は小冊子ふうの『大運河』、もう一冊は句にエッセイがついた、カラー満載の豪華版『奥の横道』。どちらも絵がたっぷり入っています。

宇野さんの句は宇野さんのイラストレーションとしっかり重なります。『奥の横道』から。

月の雨声失き恋の人魚姫　左亭

男娼の毛皮の裏に少女棲む　左亭

俳句に絵をつけるのは「屋上屋」という感じがする、と前に述べましたが、宇野さんにはこの説は当てはまりません。宇野さんの場合は、句と絵が呼応し合って、相乗効果というか、もうひとつの情感豊かな世界を作り出していることが二冊の句集をひもとくとわかるんです。

宇野さんには映画をテーマとした画集もあります。ぼくも映画好きですから昔からよく映画の話をしました。どちらも国籍を問わず映画を観ていますが、大ざっぱに言うと宇野さんはヨーロッパ映画、とりわけフランス映画が好き、ぼくはアメリカ映画中心で、宇野さんが褒めるヌーヴェル・ヴァーグの映画を観るとぼくはストーリイが呑み込めない、なんてことがよくありました。それでも「大運河」は共通して好きな映画です。ぼくは開巻いきなりスティーヴン・ボサストゥのアニメーション「ジェラルド・マクボイン・ボイン」が出てきて意表をつかれたのと、ＭＪＱの音楽がよかったので好きなのですが、宇野さんはまた別の視点からお好きなのかもしれません。とにかく宇野さん宛ての句は「大運河」がテーマになりました。

文筆家・編集者・音楽家・演劇人

＊

俯瞰せし人の世可笑し揚雲雀

妹尾河童さんは舞台美術家です。「河童」という名前はずいぶん珍しいから美術家のペンネームだろうと思うじゃないですか。でもこれが本名なんですね。しかし生まれた息子に河童なんて名前をつける親はいないでしょう。普通の名前をつけたと思います。「河童」の始まりは仇名だったんです。いつついた仇名なのかぼくは知りませんが、みんなが「河童」と言うようになった。子ども時代なら「河童」と呼び捨てでしょうね。大人になってからも昔からの友人は「河童」で通した。自分でも「河童」と名乗るようになって、大人になってから知り合った人は「河童さん」と呼ぶことになります。そんなこんなで本名を知ってる人は少なくなりました。で、ご本人は「これを本名にしよう」と決心したわけです。それを役所に届けると「いい本名があるのに、なぜ河童にするのか」ときかれる。「自分がそうしたいから」「やめときなさい」「みんながそう呼ぶんだからそうするのが当然です」なんて問答の末に、「河童」を本名として登録できたんだそうです。「河童」という名前を勝ち取ったようなものです。河童さんの主張は正論だった。でも風変わりではありますね。

好奇心旺盛の人でもあります。いろんなことに関心を持つ。どこへでも出かけて行く。広いところでは世界。『河童が覗いたヨーロッパ』という本もあるし『河童が覗いたインド』という本もある。狭いところではいろんな人の仕事場。『河童が覗いた50人の仕事場』という本があります。ぼくの仕事場も覗かれました。もっと狭いのはトイレ。『河童が覗いたトイレまんだら』は「週刊文春」の連載をまとめたもの。ぼくは自宅のトイレも仕事場のトイレも覗かれちゃった。

「覗く」という表現が、かなり河童さんを表わしていると思います。「ルポする」でも「見学する」でもなく「覗く」は好奇心の発露という感じがするからでしょうか。

舞台美術家はある意味で建築家とも言えます。観客の見える範囲ではあるけれど、舞台の上に家を建て、時には街を作ってしまうんですから。同じ意味で室内設計家でもあります。図面をひくことも建築家や室内設計家と共通しています。

画家も兼ねますね。背景を描くから。と言っても舞台上の大きな背景を描くのはその道の専門家がいるんでしょうが、専門家に渡す下絵は河童さんが描く。同じように舞台装置を作るのは実際にトンテンカンをする人たちだけど、その人たちは河童さんがひいた図面に従うわけです。でも演出家はじめスタッフは平面上にひかれた図面だけではピンときません。そこで河童さんは模型を作ります。舞台の模型があるとスタッフだけでなく俳優さんに喜ばれるそうです。どの場所でどう動くか摑みやすいんでしょう。模型を作る時間がない時、河童さんは斜め上から見た舞台図を描きます。これも模型と同じ効果があるそうです。河童さんは真上から見た絵を描くこともできる。これが平面図だと床の面しか見えないんですが、この場合の真上から見た絵というのは壁も見える。つまり人間が天井にはりついて真下を見おろしたように描くわけですね。これも図面の一種ですが、河童さんが描くと立派なイラストレーションです。こんなことができるイラストレーターはあまりいません。ぼくには無理です。で、このスタイルで「50人の仕事場」も「トイレまんだら」も描かれています。ぼくの仕事場やトイレを真上から見られちゃったわけで、出来上がった絵を見てこんなところにこんなものがあったか、なんて気がついたりするんです。と言っても河童さんが天井から見おろすんじゃなく、現場に立ってあちこち寸法を計ると、たちまち頭の中に真上からの絵が見えるらしい。

というわけで、河童さん宛ての句は俯瞰がテーマです。天空高く飛ぶひばりが地上を見おろすと、人間どもは何を馬鹿なことをやっているのかと思う、という句ですが、この場合、人間の中に河童さんは入っていません。河童さんはひばりの目で地上を見ております。

＊

葉を敲く蝶の群あり野は薫る

中村桂子さんは「生命誌研究館」の館長さん。生命誌（バイオヒストリー）というのはDNAから壮大な生命を読み解くことですから、ただの館長さんじゃありません。生命科学者というのか、とにかく生物学の権威です。読書家で、毎日新聞の書評欄「今週の本棚」の書評委員でもあります。

毎年一度、毎日の書評欄関係者と書評委員の方々が顔を合わせる懇親会があって、ぼくは委員ではないけれど毎回挿絵を描いているのでその会に出席します。

会では「今週の本棚」の基礎を作った丸谷才一さんのスピーチがあり、書評委員のどなたかのスピーチもあります。で、その欄十周年のパーティにおける中村さんのスピーチがとても面白かったんです。それはイチジクコバチの話でした。

イチジクは「無花果」と書くように花は外から見えません。実の中にある。食べると中にある房のようなものが花。それを受粉させるために実の中に入るのがメスのイチジクコバチで、受粉もさせるし、中で卵を生む。生まれたオスは翅《はね》がない。目がないのもいる。それでもメスを見つけて交尾する。メスは外へ飛びたつ。そのために実に穴をあけてやるのがオスの仕事。オスは翅がないので外へは行けない。つまりイチジクの実の中で一生を過ごす。かいつまんで言うとこんなお話で、男の悲哀みたいなものさえ感じられて印象に残ったんですね。中村さんはこういう話をして、科学って面白いものなんだから、書評欄ももっと科学の本を採り上げるべきだ、ということをアピールしたわけですが。

しばらくたってぼくは中村さんに対談を申し込みました。中村さんはイチジクコバチ以外にも面白い生物学のエピソードをたくさんお持ちじゃないか、ぼくは理数系はまったく駄目な人間だけど、ぼくにもわかるようにお話していただけるならいい連載になるだろうと思ったんです。

それが実現して「青春と読書」で一年間連載しました。毎月一度中村さんのお話を聞くのが楽しみでしたが、基本になるＤＮＡの話はとてもむずかしく、科学に弱いぼくは呑みこみが遅くて、中村さんはわかりやすく説明するのに苦労されたと思います。

中村さん（中村先生と呼ぶべきか）に宛てた句は連載対談の中で教えていただいた蝶の話をなぞったものです。

蝶々にもいろんな種類があって、種類によって食べ物が違う。食べ物も自分が食べるのと幼虫が食べるのとで違う。卵から出てくる幼虫は、そこに食べ物がないと困る。それで親は子どもが好きな葉っぱに卵を生むんですが、それを見分けるために親は葉っぱを脚で叩きます。脚の先が鉤状になっていて、叩くと葉っぱがちょっと傷つく。傷から染み出してくる物質を確認して、これなら大丈夫と卵を生む。こういうお話でした。自然界って実にうまくできていると感動しました。

＊

午後五時のカクテル二つ花の雨

髙平哲郎さんはテレビや舞台のヴァラエティ・ショウの構成作家であり演出家として認知されているけれど、時にはシリアスというか前衛的な演劇を演出することもあります。

ぼくが初めて会ったのはかなり昔のことだったので、まだそういう人ではありませんでしたが。外資系の広告代理店でコピーライターをやってたんじゃないかなあ。

初めて高平さんから仕事を依頼されたのは彼のインタビュー集『星にスイングすれば』の装丁でした。記憶がおぼろなので間違っているかもしれないけれど、その前に『みんな不良少年だった』というインタビュー集を読んで、優秀なインタビュアーなんだと思ったことは確かです。インタビューする相手は俳優、女優、監督、演出家、ジャズミュージシャン、歌手、コメディアンがほとんど。あ、漫画家もいる。みんな一癖も二癖もある人たちで、インタビュアーの好みもわかります。つまり個性派エンターテイナーが好き。ということは若い頃から映画でも舞台でもコンサートでもテレビでも、個性的なエンターテインメントに接し続けてきた人なんだろうなあ、と思う。親しくなって話をすると、まさにその通りでした。

で、彼は次第に聞き手から作り手になって行きました。とにかく面白いことが好きだから、面白いことに命を賭けてるような赤塚不二夫さんやタモリと仲よくなって一緒に仕事をするようになる。そうして生まれた傑作のひとつがタモリ主演のテレビ番組「今夜は最高！」でしょう。あの番組のタイトルに使われるセットとタイトルの文字は高平さんに発注されたぼくのデザインです。ぼくはテレビをあまり見ない人なんですが、「今夜は最高！」だけはマメに見ていました。出演もしちゃった。それは「麻雀放浪記」を作った時です。パブリシティに協力してやろうという髙平さんの好意から「麻雀放浪記」をテーマにしてくれたんですね。しかしただテーマにしてくれるんじゃない、ぼくにも出ろと言うんです。困ったけど拒否しちゃ申し訳ない、というわけで出演すると、ちょっとした芝居をさせられるし、下手な歌まで歌いました。放映されたのを見たら、目茶目茶恥かしかったです。

「今夜は最高！」に関してもうひとつ。ある晩、髙平さんとうちの夫婦が食事を共にしました。その時に髙平さんが「美空ひばりさんが『今夜は最高！』だったら出てもいいって言ってるそうなので、今交渉中なんだ」と言うんです。するとうちの妻が目を輝かせて「本当？　ひばりさんが出る時はスタジオに見学に行っていいですか」。妻はひばりさんの大ファンなんです。髙平さんは「いいですよ。よかったら出演もしますか」。妻は「ウソ！　でも本当なら嬉しい」と涙ぐんでる。

それからずいぶん月日がたちました。妻はその時の話を思い出して「あれはお酒の上の冗談だったのかしらね」と寂しそうに言う。ぼくは「髙平さんが嘘を言うことはないから、ひばりさんのほうが冗談だったのかもしれない」なんてなぐさめたりしてました。

それも忘れた頃のある日、仕事場に日本テレビから電話がかかって「『今夜は最高！』

にひばりさんが出てくれることになりました。平野さんにも出演していただきます」「そうですか。それはよかった。カミさんも喜びます」「ついては和田さんも出演することになっています」「え？　そんな話はきいてませんよ」「台本がそうなってるんです」「ちょっと待って。ぼくはテレビ出演は嫌いなんだから」。前回の出演で恥かしい思いをしたので懲りてるんです。「困ったな。出てくれないと平野さんの出演もなくなるんですが」だって。ずいぶん理不尽な話だと思ったけれど、ここで断ると涙を浮かべて喜んだ妻とモメることになる。家庭平和のために「わかりました」というほかありませんでした。

そして収録当日。ぼくの出番は番組冒頭で、セットの仕事場にいると電話がかかってくる。受話器を取って話をきいて妻を呼んで「大変だ。日本テレビで美空ひばりさんと共演だってよ」と言う。それだけなので出演者は誰も来ないうちに午前中で撮れちゃう。楽といえば楽だけど、映画監督の経験はあってもセリフなんて言ったことはありませんから、短いセリフでもおたおたします。棒読みのようだったのにＯＫが出て、たちまち解放されました。すぐ仕事場に戻ったので美空ひばりさんには会わずじまい。

妻は午後からしっかりひばりさんと共演しました。休憩時間中、妻はひばりさんの初期のレコードのＢ面を歌ってひばりさんを喜ばせ、役の上で高い所に立った妻がそこから降りる時はひばりさんが手を貸してくれて、その手には香水がついていたのでその香りが妻の手に移り、妻はしばらく手を洗いませんでした。今でも妻は「ひばりさんはいい人だった」と言ってます。そんなことでぼくが女房孝行できたのも、妻にいい思い出ができたのも髙平さんのおかげです。

『銀座界隈ドキドキの日々』という本は、ぼくの百冊目の著書になります。その出版記念会を「百冊目なら派手にやろう」と山下勇三君が企画してくれて、スライドで百冊を紹介する合間に、知り合いのジャズミュージシャンや歌手のみなさんが演奏し、歌う、というラスヴェガスのディナーショウみたいな豪華な一夜になりました。「それならぼくが構成演出を」と名乗り出てくれたのが髙平さん。いろいろお世話になっています。

その後も髙平さん関係の芝居やショウのポスターを描いたり、著書の装丁をしたり、挿絵を描いたりしています。

平成十二年に出版された髙平さんの本『あなたの想い出』は彼と親交があったけれど亡くなった人たちの想い出を綴った本で、書名もそれぞれの章も全部スタンダードナンバーのタイトルになっていて、装丁・挿絵（似顔）と共に曲目解説もぼくが担当。この時は「百冊記念会」のお礼として、ぼくの企画構成による、本に出て来る曲を聴くライヴを兼ねた出版記念会を開きました。

髙平さん宛ての句はその本の中で由利徹さんを偲ぶ章「二人でカクテルを」の歌詞をち

ょっと拝借してあります。

＊

巣立鳥詩人の庭を訪ねけり

詩人、**高橋睦郎さん**は古今東西の詩歌に造詣が深く、短歌も俳句もこなし、その世界の評論家的存在でもありますが、初めて会ったのは彼が上京してまもなく、日本デザインセンターにコピーライターとして入社した頃でした。詩人として認められつつあり、ＮＨＫがアニメーションと歌による「かちかち山」「舌切雀」「桃太郎」をオムニバスにして十分ずつの三十分番組を制作した時、「桃太郎」の歌を担当したのが睦郎さん、「舌切雀」のアニメーションを担当したのがぼく。その打ち合わせの席で顔を合わせたんです。二人とも二十代半ば。

それが縁で彼に短い童話の執筆を依頼しました。その頃ぼくは私家版で絵本を出す計画を立てていて、というのも絵本を作るのはぼくのやりたいことの一つだったのに駆け出しのイラストレーターには依頼が来ません。それで自費でもいいや、と思ったわけです。睦郎さんは「がらすのお城」という幻想的で可愛らしい童話を書いてくれて、ぼくが絵を描き、小さな絵本にしました。それが第一号で、その後谷川俊太郎さんや星新一さんに原稿を依頼して一年に一、二冊ずつ計七冊作ることになります。

睦郎さんの初めての詩集『薔薇の木　にせの恋人たち』の装丁をしたのは宇野亜喜良さん。次の年に出した詩集『眠りと犯しと落下と』の装丁は横尾忠則君。宇野さんも横尾君も睦郎さんにとってデザインセンターの同僚というかちょっと先輩になるわけですね。その次の年の『汚れたる者はさらに汚れたることをなせ』はぼくの装丁。

その頃ぼくは歌を作る趣味が嵩じていて、自分で作詞作曲しようと試みるけどうまくいかない。詞が下手なので曲がつかないんです。そこで睦郎さんに協力をお願いしました。彼はぼくの小さなアパートに来てくれて、童謡や子守歌の詞を次から次へと書きます。ぼくは買ったばかりのアップライトピアノを一本指で叩いて音を拾いながら五線譜に記してゆく。彼が詞を書くスピードは只物ではありませんでした。泉が湧くようにどんどん出てくる。ぼくも負けずに猛スピードで曲をつける。依頼された仕事ではないし、素人に作曲を依頼する人もいないわけですが、と言ってどこかに売り込もうなんて欲もない。とにかく曲を作るのが面白くてしょうがないんです。彼も乗ってくれて、この作詞作曲コンビはずいぶんたくさんの歌を作りました。

まもなく『四人目の王さま』というぼくの曲集を理論社が出版してくれて、表題曲ほかたくさんの睦郎さんの詞による歌がたくさん収められました。私家版のほうでは睦郎さん作詞の子守唄集『17のこもりうた』というのを作って、これは岸洋子さんの歌でレコードになりました。「四人目の王さま」はＮＨＫ「みんなのうた」に採り上げられて、坂本九ちゃんが歌ってくれたし、カルメン・マキのために二人で作った「ペルソナ」は彼女が気に入って、長く歌い続けてくれています。

睦郎さんはデザインセンターからサン・アドに移りましたが、やがてフリーになり本業である詩歌に専念することになります。以上、昔ばなしになりました。

『白い嘘』を睦郎さんに送るについてはかなり逡巡しました。気楽に歌を作ってた時代と違って、今の彼は詩歌の世界の厳しい批評家でもあるのですから。で、彼に宛てた句は巣立鳥を詠みました。詩歌の厳しさを知らないヒヨッ子が巣から飛び出して、詩人が造園した立派な庭にご挨拶をしに行った、という情景です。

＊

旅装解けば異国の首都は花ざかり

一般の人が**阿川佐和子さん**を初めて知ったのはテレビのニュース番組にレギュラーで出演されていた時期でしょう。美人キャスターとして評判だったそうだけど、ぼくはテレビをあまり見ないので（うちにテレビはありますが、おおむねヴィデオやＤＶＤで映画を観る機械として使用してます）その頃は未知の人でした。

初めて阿川さんを認識したのは「週刊文春」に「走って、ころんで、さあ大変」というエッセイの連載を始められた時。ぼくは「週刊文春」の表紙を描いていますので、連載ものもどんどん目に入ります。そしてお父上が阿川弘之さんであることも知りました。

連載エッセイのあと、「阿川佐和子のこの人に会いたい」と題した連載対談が始まります。これも毎号読んでいました。やがてぼくが表紙を描き始めてちょうど二十年になって、編集部が二十年記念にぼくをテーマにしたページを作りたいと言うんです。「グラビアページで写真特集というのはどうか」と言われて「それは大袈裟だし照れくさいからやめてください」「ではほかにご希望がありますか」。ぼくはちょっと考えてから「阿川さんの対談に出るのは？」「わかりました検討します」。そんな会話をしました。あとできいたら阿川対談のゲストに「週刊文春」の執筆者を招ぶのは内々すぎるので避けようという暗黙の取り決めがあったのだそうです。即答でなく「検討します」はそういう事情だったんですね。でも絵を描くのと執筆するのとはちょっと違うし、今回は特例ということになったらしく、ＯＫが出たんです。それでめでたく阿川さんと初対面が果たせました。

それ以来の仲よしです。と言っても一回対談しただけでたちまち仲よしになるのなら阿川さんは毎週一人ずつ仲よしが増えることになっちゃう。実際それ以来の仲よしは何人もできたそうですが。ぼくの場合は対談とほとんど同時に文春から出版される阿川さんの文庫本のカバーを手がけ、その本の売れゆきがよかったらしく、次の阿川さんの本のカバーも依頼され、その次も、といった具合で阿川さんの著作の装丁やカバーをかなりたくさん担当したために、打ち合わせなどでお会いするチャンスが度々あったということです。本の売れゆきがよかったと言いましたが、売れゆきがいいのは内容がいいからで、カバーのせいではありません。店頭効果でいくらか貢献してるかな、という程度。

それはそれとして、ぼくが装丁した阿川さんの本は単行本と文庫を合わせると四十冊近くになります。

阿川さんの著書は檀ふみさんとの共著『ああ言えばこう食う』で講談社エッセイ賞、『ウメ子』で坪田譲治文学賞、『婚約のあとで』で島清恋愛文学賞を受賞しています。装丁はどれもぼくではありません。それでぼくは彼女に冗談で「ぼくに装丁を頼むと賞はとれないよ」と言ったことがあります。その後、彼女はお友だちに「和田さんは〝ぼくが装丁すると賞はとれないよ。その代り売れるよ〃って言うのよ」と話しています。前半は合ってますが「その代り売れるよ」とは言ってません。ゴシップというのはこのように生み出されてゆくんです。

阿川さんはキャスター時代、思い立って一年間ワシントンで暮らしました。お近づきになるより前の話なので、そのことは著書『どうにかこうにかワシントン』の文庫版カバーを描いたので知ったことです。阿川さん宛ての句はワシントンに着いた日のことを詠んだもの。「異国の首都」はもちろんワシントン。彼女が着いた日のワシントンは日本が送った桜が満開であった。これは本当かどうかわかりませんが第一日の記述が「ワシントンはすっかり春である」で始まるので勝手にそう決めました。

追記。「賞はとれないけど売れるよ」の話の続きです。

阿川さんは「週刊文春」でジュリー・アンドリウスと対談しました。少女時代からジュリーさんの映画を見たりレコードを聴いたりしてファンだったので、ジュリーさんに対面した時「あなたのファンです。歌もこんなに知ってます」とジュリーさんのレパートリイを「チム・チム・チェリー」から「踊り明かそう」から次から次へと歌いました。はじめのうちはジュリーさんもご機嫌で笑ったり「ワンダフル」と言ったりしてましたが、だんだん倦《あ》きてきた様子なので、そこで歌をやめて対談に入りました。

という話をご本人からきいたぼくは、それをほかの人に話す時は導入部はそのままで、やがて倦きてきたジュリーさんにキビしく「イナッフ！」と言われたことにしています。

＊

佐藤允彦さんは日本を代表するジャズピアニストの一人。

ぼくのサラリーマン・デザイナー時代、有楽町のビデオホールではジャズコンサートがよく開かれていました。「オールナイト・ジャムセッション」もあり、毎回徹夜で聴きに行ったものです。そんな一夜、とても若く見えるけど目茶目茶うまいピアニストの演奏を聴きました。休憩時のロビーにジャズシンガーの後藤芳子さんがいたので「さっき弾いた若くて上手なピアノは誰?」ときいたら「よく知らないけど、名前は佐藤マサヒコというらしいよ」という答。

それからかなり後に佐藤さんと知り合ったのでその話をしたら「ビデオホールに出たのは学生の時だった」と言う。若く見えたのは当然。実際若かったんですから。卒業後はさらに注目を集めるピアニストになっていましたが、もっと勉強しようとアメリカのバークレー音楽院に留学、送別コンサートのポスターをぼくがデザインしました。

そんなこんなで帰国後はお付き合いが深まって、飲んだりするだけじゃなく仕事をお願いするようになりました。ぼくはシロウトのくせに趣味で作詞作曲をすることがあるということは先にも述べましたが、作曲と言ったって頭に浮かんだメロディを一本指でピアノの鍵盤を叩いて音を確かめて五線譜に書くだけのことで、コードのこともよくわかりません。メロディだけのそんな譜面にコードネームを書きこんでピアノを弾いてくれたのは、まず八木正生さんでした。そのあと佐藤さんも同じことをやってくれて、ぼくの作った歌がプロの歌手によってレコーディングされる時など、お二人が交互に編曲をしてくれたんです。お二人が曲を分けあって一枚のＬＰの編曲を担当してくれたこともあります。そのほかぼくが制作するアニメーションやらテレビＣＭやらテレビ番組やらの音楽でお二人にはずいぶんお世話になりました。

ぼくが初めて監督をした「麻雀放浪記」の音楽は現実音として既製の音源を使いましたが、二作目の「快盗ルビイ」の音楽は八木さんにお願いしました。三作目の「怖がる人々」の音楽は佐藤さんに。それは八木さんが亡くなった後でしたので、佐藤さんは「八木さんが元気だったら八木さんに頼んだだろう」と八木さんのお墓に挨拶のお参りに行ったのだそうです。八木さんが健在でも作品の性質上、佐藤さんにお願いしたんですけど。

「怖がる人々」は五つの短篇によるオムニバスで、主役も五篇それぞれ、その上ゲスト出演も大勢。渾然とした中でのハーモニーを狙った作品です。その時期佐藤さんは「ランドゥーガ」という新しい試みをしていました。彼はもともとオーソドックスなジャズの世界に安住することを好まず、前衛ジャズや現代音楽の人たち、尺八、三味線などの邦楽、地球のあちこちで民族音楽を守っている人々、などなどとの共演で自分の世界を広げていたアーティストです。「ランドゥーガ」はその集大成のような音楽だとぼくは感じていたので、その延長線上に「怖がる人々」の音楽を置いてほしいと頼んだのでした。

井戸替の唄聴こえくる生家かな

佐藤さんの興味は日本の市井の働く人々の中から自然発生的に生まれた歌にもあるんじゃないか、例えば舟唄であり、田植歌であり、井戸替の唄など。と勝手に考えたのでこんな句を佐藤さんに宛てて詠んだのですが、彼の生家と井戸替はぼくのイメージだけの光景です。

＊

岩城宏之さんについてはすでに述べましたが、岩城さんと芸大時代の同窓生に**山本直純さん**がいます。（岩城さんが直純さんとの学生時代の交流を記した『森のうた』は素敵な本で、映画化の話があったのに実現しませんでした。学生の優秀なオーケストラを再現するのはむずかしかったんだろう、と岩城さんは仰言っていましたが）ご本人を「そばで見た」のは岩城さんが先ですが、「知り合った」のはナオズミさんが先でした。岩城さんをそばで見たのは学生時代、ナオズミさんと知り合ったのは卒業後まもない頃です。どういう初対面だったかまったく憶えていないのですが、とにかくぼくは「ナオズミさん」と呼び、あちらはぼくを「マコちゃん」と初めの頃から呼んでいました。

ナオズミさんの著書『オーケストラがやって来た』の装丁挿絵を担当しましたが、なにしろ音楽の本ですから楽器やらオーケストラの並び方をきっちり描かないといけません。資料をもとにきっちり描いたつもりだったんですが、著者からのクレームがつきました。「音楽の図鑑を見て描いたんですよ」と言ったら「マコちゃんが見たのは古い本だよ」と言われました。楽器もオーケストラの並びも時代によって変わるんだそうです。そんなやりとりの期間はよくお会いしていたものです。

句会のメンバーだったこともあります。「笑髭」が俳号。人を笑わせるのがお好きな髭の指揮者だから、うまいネーミングです。どんな句を詠んだかよく憶えていませんが、例会の席上、おかしなことを大声で言ってたことは印象に残ってます。

真っ赤なタキシードで大仰な身振りと表情で指揮をする人、というのが一般的なナオズミさんのイメージですが、ナオズミさんとしては「クラシック音楽やオーケストラが日本の大衆に滲透していないので、一般の人たちを音楽に近づけたいという一心であえてやってるんだ」ということでした。

そういうシリアスな面もある一方で、奇行もある人でした。料理屋の二階で賭けをして負けて、二階から跳びおりた、とか、麻雀でリーチをかけていて自分がツモった牌が大きな手に振り込みそうになったら、その牌を持ってトイレに行って、そのまま家に帰っちゃったとか。ぼくが直接きいたのは「無免許で車に乗ってて、バックしたらすぐ後ろが石段で、そのままドドッ、ドドッと下まで行っちゃった」というものでした。命にかかわるようなことをやってる。

ナオズミさんが主宰する合唱の会があって、一年に数回コンサートを開いていました。そのポスターを頼まれたんですが、その都度何組もの合唱団が出るので、かなりの数の編曲者、かなりの数の指揮者が出ます。その全員の似顔を描いてくれと言われて苦労したこともありました。

平成十四年に亡くなりました。ぼくの追悼の句です。

軽気球昇りて止まず雲の峰

気球に乗って指揮をするテレビCMを思い出したので。

＊

大津絵のあとの哀しき鰻かな

浜美雪さんとどんなふうに知り合ったのか、憶えていません。でも浜さんの名前を意識したのは雑誌「ＳＷＩＴＣＨ」に載った古今亭志ん朝さんへのインタビューだったことははっきりしてます。聞き方が上手でいい話を引き出しているし、まとめ方もうまくて面白い読み物になっている。あの時はインタビュアーでもあったけど「ＳＷＩＴＣＨ」の編集者だったのだということはあとで知りました。そのあと筑摩書房が松田哲夫さんの立案による雑誌「頓智」を作った時の編集スタッフだったわけで、ぼくは「頓智」の二号目あたりで写真撮られてるから、顔を合わせたのはその時かな。いや、その頃すでにぼくは浜さんにロングロング・インタビューされてましたっけ。

あれは毎日新聞の「わたしの生き方」というシリーズものの一つとして、ぼくが生まれた時から百冊目の本を出した時までの半生記みたいなものが七十五回にわたって毎日載ったやつで、浜さんがまとめてくれたのでした。「青空に芋のつる」っていうタイトルで。変な題ですけど、ぼくは艱難辛苦なしにのほほんとやってるだけだとか、戦争に敗けた後は教育勅語のパロディなんかが平気で雑誌に載って、替え歌のようなものが好きだったぼくは子ども心に青空が見えたような気がしたとか、いろんなことやるので多才なんて言われることもあるけど、一つのことをやると芋づる式にいろんなものが出てきちゃうだけだとか、そんな話をしたのであぁいう題が浮かんだのでしょうか。

浜さんは落語が大好きです。落語だけじゃなく歌舞伎も好きだしテレビのお笑い番組も好き。基本的に笑いを生むものはみんなお好きなようですが、その中心にあるのはどうやら落語らしい。文章の中にも落語用語や落語的語り口がよく出てきます。著書にも落語家の弟子にインタビューをして師匠を語らせた『師匠噺』という傑作があり、ジャンルを問わず落語、歌、芝居、テレビで笑いをふりまく女性たちを描いた『笑いの女神たち』（ぼくが装丁をしました）があります。

浜さん宛ての句は説明が必要ですね。

ぼくは最晩年の志ん生を神田川（落語にも出てくる鰻屋）で聴いたことがあります。齢のせいで何度か倒れ、高座へ上らなくなった志ん生さんの「大津絵」をもう一度聴きたいと熱望した山口瞳さんが、つてを頼りにやってもらうことになりました。場所は志ん生さんご指定の神田川。でも一人で聴くのは贅沢すぎるし、ご祝儀も大変だ。それで会費制にして落語好きらしい知人二十人ほどに声をかけました。ぼくは山口さん関係の仕事をしたことはあるけれど知人というほどの間柄じゃありませんが、幸いにも共通の知人である高橋睦郎さんが誘ってくれて、その会に参加することができたんです。

志ん生さんは身体が言うことをきかなくなっていて、二人のお弟子さんに両側から支えられて登場しました。呂律に往年の志ん生さんを求めるのは無理ですが、小咄をいくつかやってくれて、それが無闇に可笑しくて大笑いしました。そのあとが「大津絵」です。大津絵というのは江戸時代の庶民的絵画のスタイルの一つであり、その時代の俗謡の一つでもあります。志ん生さんが得意なのは「冬の夜に風が吹く」という歌。火事になると火の中に跳び込んでゆく火消しの女房が、半鐘が鳴るたび心配し、生まれてくる子が男なら火消しにはさせたくない、というしんみりした内容です。

志ん生さんはまたお弟子さんに支えられながら退場し、その途中でこちらを振り返って「自分の身体じゃねえや」と言いました。その口調が落語と同じで、哀しい言葉なのに笑っちゃうんです。具合が悪くても最後まで志ん生さんでした。そのあと山口さんは控室に呼ばれました。志ん生さんに「先ほどの大津絵はうまく演れなかったので、もう一度やります」と言われて、一人で聴いたそうです。

志ん生さん退場のあと、そこは鰻屋なので鰻を食べたわけですが、大津絵の歌の内容と、志ん生さんをもう聴けないだろうという思いが重なって、一同しんみりと食べたのでした。そんな思い出を落語好きの若い浜さんにぼくらが古老のように語る句なんです。

＊

夏の夜や何を夢みる影法師

お芝居の初日に行くと、劇場のロビーでよく**小田島雄志さん**にお会いします。小田島さんは英文学者で劇評家で、とりわけシェイクスピアの翻訳にかけては大ベテランですから、劇場にお出かけになるのは当然なのですが。それで「一年に何本ご覧になるのですか」ときいたことがあります。そしたら「三百七十本くらいかなあ」と仰言る。三百六十五日じゃ足りないじゃありませんか、という疑問がぼくの表情に出たんでしょうね、すかさず「マチネーもあるからね」とつけ加えられました。つまり昼も夜も観る日があるということですね。凄い。

小田島さんはシェイクスピアの全戯曲を完訳するという偉業をなしとげられました。本にして三十七冊あります（長いものは二分冊、三分冊になっている）。それを全巻贈っていただいたのでぼくはびっくりしたり恐れ入ったりで、お礼状を書きました。全巻読んで感想文を書くのではいつになるかわかりませんから、文面は紋切り型になりましたが、それだけでは申し訳ないとシェイクスピアの肖像（と言っても立派なものではありません。封筒に入れられる程度のイラストレーション）を描いて同封して投函。すぐに小田島さんからお手紙をいただき「礼状に礼状を書くのはおかしいけど」という前置きつきで、その絵に対してお礼を述べられたので、ますます恐縮してしまいました。

小田島さんは駄洒落の名手でもあります。それをテーマにした『駄ジャレの流儀』という著書もあります。その中で「〝駄ジャレ〟とは謙遜する言い方で、他人にはシャレと言ってもらいたいと思っていたが、近ごろでは駄ジャレに市民権を与えたいと思っている」

という意味のことを述べられています。確かに駄目な作品が駄作で、駄目な俳句を駄句と呼びますから、ぼくが目上の小田島さんを「駄洒落の名手」と呼ぶのは無礼極まりないという感じ方もあるかもしれません。でも駄洒落が出るのは楽しい場、無礼講の場、であるわけで、駄洒落は座を和ませる効果を持つ潤滑油とも言えます。小田島さんが「市民権を与えたい」と仰言るのはそういうことですね。

ぼくは小田島さんの名人芸をききたくて、「小説新潮」のカラーページを企画したことがあります。企画が通って、二人で食事しながら言葉遊びを楽しむというのを三年続けました。初めは「一夕／二人で飲みながら／三賞を決める大選考会」で、毎号「天地人」とか「和洋中」とかで賞を決める。次は「一杯機嫌で／二人が選ぶ／三つの名前」で「三人官女」とか「三羽烏」で三人選ぶ。三年目は「茶ワン酒を／ツー飲しながら／くスリーと笑う／キャスティング」で文学作品を実在の人物でキャスティングする。その三年、駄洒落を含む小田島先生の言葉遊びを飲み食いしながら堪能させていただきました。単行本化されていないのが残念ですけど。

遊びだけじゃない。シェイクスピアを勉強させていただいた別の対談もあります。シェイクスピアの物語の舞台にイタリアが多いのはなぜかというぼくの問いには「イタリアは当時のイギリス人にとって仰ぎ見るところ、宝塚にとってのパリだ」とか、「真夏の夜の夢」と覚えてたのが近頃は「夏の夜の夢」になってるのはどうして？　ときいたら「昔、ミッドサマーを逐語訳して真夏にしたんだけど、ミッドサマーの意味は夏至なので真夏じゃないことがわかったから」とか、ヒッチコックの「北北西に進路を取れ」という題名は「ハムレット」のセリフから採られているということなど。

ほかにはシェイクスピアがやってる語呂合わせを日本語に移すのは苦労ではなくて楽しみだとか。小田島さんならそれを楽しむだろうなあとぼくも思いました。韻を踏んでるセリフも日本語でなるべく韻を踏ませようとしたそうです。

小田島さん宛ての句は「夏の夜の夢」のパックの小田島さん訳のセリフ「われら役者は影法師／皆様がたのお目がもし／お気に召さずばただ夢を／見たと思ってお許しを」からいただきました。

＊

活字屋の昔話や蟲の秋

文筆家、装丁家、挿絵画家といった人たちにとって、編集者はお得意さんであり、パートナーであり、アドヴァイサーであり、ある時は仕事を離れた場所での友人でもあります。そういう大切な存在だけれど表舞台に姿を見せることは少ないので、一般の方々にとっては馴染のない存在かもしれません。

でも筑摩書房の**松田哲夫さん**を知ってる人は多いでしょう。テレビ番組「王様のブランチ」に出演して本を紹介し、推薦していた、優しそうなお髭のおじさんです。

ぼくは文筆家ではないけれど、装丁家、挿絵画家ではあるし、文章も少し書くので編集者のみなさんとのお付き合いは多いです。多いので誰々さんとの最初の仕事は何だっけ、と考えてもなかなか正解が出てきません。松田さんとの仕事始めも野坂昭如さんの『生き方の流儀』だったかなあ、水木しげるさんの『ねぼけ人生』はもう少し後だっけ、と思う程度。そう言えば『ねぼけ人生』は「ちくま文庫」の一冊だったし、「ちくま文庫」を創ったのは松田さんだということを後に知りました。

松田さんは「ちくまぶっくす」の創刊にも関わっているし、編集長でもありました。数年後のカヴァー一新という時には、ぼくにシンボルマークを依頼してくれて、その時作ったマークは今までぼくがかなりの数作ったマークの中でも印象に残るものの一つです。

さらに松田さんは「ちくま文学の森」のシリーズ、「ちくま哲学の森」のシリーズを創っているし、赤瀬川原平さんの『老人力』なる大ベストセラーも生み出しています。もともと本が好きで好きでたまらなくて編集者になったという人ですから、夢中になって本作りをする。それがヒットを導くのでしょう。

それと、執筆者を大切にする、というか執筆者に惚れっぽい。野坂昭如さんに惚れると小説家と編集者という付き合いだけじゃなく、野坂さんが選挙に出るとなると運動員をやっちゃう。松田運動員に動員をかけられて、篠山紀信の写真、糸井重里のコピー、ぼくのデザインで選挙ポスターを作ったこともありました。

依頼されるだけじゃなく、ぼくが松田さんに依頼したこともあります。『和田誠百貨店』という作品集を作る時「自作を語る」といったページが欲しいと編集部に言われ、一人で語るのはむずかしいから聞き手が欲しいと注文を出したら「聞き手は誰に?」と突っこまれて「松田哲夫さん」と即答しちゃったんです。普通はインタビュアーが話をきく相手を選ぶんだけど、話す当人がインタビュアーを指名することはあまりないんじゃないでしょうか。松田さんが快諾してくれて、いい問答ができたと思います。

最近になって渋谷にある「たばこと塩の博物館」で個展を開いた時にトークショウをやれと言われて、二十二年前にもお願いした松田さんを指名。今回は気軽なトークでもよかったのですが、彼はしっかりとインタビュアーを務めてくれました。本好きの本領を発揮して、ぼくの装丁もよく見てくれているので話も弾み、好評でした。

本好き、編集好き、となると印刷に関心があるのは当然。松田さんはそういうことに関してはは人一倍好奇心が強いから、社外で出す季刊誌「本とコンピュータ」に関わり、やがてデジタル時代を迎えるだろうがその前に従来の印刷技術を学んでおこうと、印刷の現場を取材してレポートする連載をしました。それがまとまって『印刷に恋して』という立派な単行本になっています。

松田さんに宛てた句は、オフセット印刷も、グラビア印刷も、特殊印刷も、写植機械も、あれこれルポした中で、もっとも素朴な活字の組版を長年やっている職人さんに話を聞いている姿を、想像で描いたものです。その時が秋だったかどうか知らないのですが、書物の話となると季語に秋を選んでしまいます。

＊

モンローに礼状書きて秋麗

「秋麗」は「しゅうれい」でなく「あきうらら」と読んでください。これ、**丸谷才一さん**宛ての句なのですが、説明がないと何のことかわかりませんね。平成六年に、ぼくは菊

池寛賞をいただきました。その時に丸谷さんが贈ってくださった句が、

モンローの祝電が来る花野かな　玩亭

です。ぼくの句はその電報に対してモンローさんに礼状をしたためた、という内容なのだけれど、丸谷さんへのお礼状という気持も入っています。

丸谷さんが亡きマリリン・モンローに電報を打たせてくださったのは、ぼくが映画ファンだということを踏まえてのことです。映画ファンならマリリン・モンローも好きだろうと。そして丸谷さんもモンローがお好き。彼女の出演したどの映画がお好きなのかは、うかがっていませんが、丸谷さんが映画以外にモンローを認める理由があります。彼女はジェイムズ・ジョイスの『ユリシーズ』を読んだから。彼女が『ユリシーズ』を読んだということがわかるのは、そういう写真があるからです。水着で足を投げだして『ユリシーズ』のおしまいの部分を読んでいるきれいなカラー写真。

丸谷さんはジョイスの愛読者で、ジョイスの翻訳家で、ジョイスの研究家でもあります。東大文学部の卒論もジョイスでした。ぼくはジョイスに関する丸谷さんの著書『6月16日の花火』『ユリシーズ』（共訳・三巻）『若い芸術家の肖像』（翻訳）の装丁をしました。ジョ

イスに対する丸谷さんの思い入れを知っているので、装丁するのも緊張します。
ぼくが丸谷さんの本の装丁や挿絵を担当した第一号は昭和四十五年の『女性対男性』。次が『大きなお世話』。続いて「夕刊フジ」でのデイリー百回連載『男のポケット』の挿絵。その頃から丸谷さんの著書や雑誌連載などでご指名を受けるようになりました。装丁は現在までに六十冊を超すでしょう。

装丁するには中身を知る必要があるのでゲラ（校正刷り）を必ず読みます。連載ものはすでに読んでいますが、書き下ろしの小説は担当編集者以外では最初の読者なので、得をした気分になります。

『七十句』という句集も装丁しました。古稀を迎えられた時に年の数に合わせて大岡信さんが選んだ丸谷さんの七十句を収めた句集。モンローの祝電の句も収められています。丸谷さんの俳号は「玩亭」（石川淳さんの命名だそうです）。

その句集から今ぼくが諳《そら》んじているのはモンローの祝電以外では、

桜桃の茎をしをりに文庫本　玩亭

「寅年元日」と前書のついた、

虎は野にぞろぞろ放て年賀状　玩亭

丸谷さんと大岡信さんを中心にゲストを加えて歌仙を巻き、本にした第一号が『歌仙』でした。完成した歌仙が記録され、それについて参加メンバーが解説座談会をする。文学的趣向もさることながら、読んで楽しくてぼくは連句の面白さを知りました。この本はシリーズ化されて、『浅酌歌仙』『とくとく歌仙』『すばる歌仙』『歌仙の愉しみ』と続いています。その中の『すばる歌仙』の装丁をさせていただきました。

＊

国語辞典版新しき夜長かな

井上ひさしさんと初めてお会いしたのは、井上さんが文学者として活躍を始める直前、「ひょっこりひょうたん島」の台本チームのお一人であり、舞台やテレビのヴァラエティの構成で忙しかった頃でした。ぼくは小林信彦さんが中原弓彦のペンネームで名古屋テレビのPR雑誌に連載していた「テレビの笑い」というエッセイに挿絵を描いていました。その頃「九ちゃん！」という坂本九が主役のヴァラエティ番組があり、小林さん、井上さん、山崎忠昭さん、河野洋さん、城悠輔さん、ディレクターの井原高忠さんが集って定期的に台本の打ち合わせをしている、次の号でその様子を書くから挿絵のために現場を見に来ないかと小林さんに誘われて出かけ、そこでみなさんに紹介されたわけです。

それから十年もたった頃、あるパーティで井上さんにお会いしたら「〝九ちゃん！〟の時にお会いしましたね」と言われて感激しました。わずかな時間に大勢の方と一緒に紹介されただけなので、憶えていてくださるとは思っていませんでしたから。

井上さん主宰の「こまつ座」のポスターを最初に手がけたのは「きらめく星座」です。台本はまだできていないけどおよその筋を聞き、主役が大滝秀治さんなので大滝さんが中央にどんといるポスターを描きました。チケット発売日の関係で台本は未完でも宣伝は始めなければいけないんです。ところが台本がなかなか上がらないのでセリフを憶える時間がないと、大滝さんが降りちゃった。ポスターは校正刷りまでできてましたが、主役が替わったのでそれは使えない。描き直しです。描き直しが決まった頃、台本が完成。それを読むと幕開きは登場人物が全員防毒マスクをかぶって勢揃いしている場面です。しめた、と、そのまま絵にしました。これなら俳優が替わっても顔を描いてないから描き直しの必要がありません。結果的に面白いポスターになりました。

「オセロゲーム」の時も例によって台本が上がる前にポスターを作る必要があります。これはシェイクスピアの戯曲をテーマにした作品だということはわかっていたし、キャストも決まっていたので、シェイクスピアを中央に大きく、俳優さんたちが下に勢揃いしている絵を描きました。刷り上がりが早く、ポスターは街に貼り出されましたが、台本が完成せず公演は中止。幻のポスターになりました。

「木の上の軍隊」は敗戦を知らず、沖縄のガジュマルの木の上で戦闘準備をととのえたまま暮らしている二人の兵士というプロットです。台本はまだでも面白そうなプロットの二人芝居なので絵になります。すぐに描きました。校正刷りも出ました。ところがなかなか完成しないので、今度は業を煮やした演出家が降りちゃった。で、これも幻の校正刷りです。

それから二十年もたって、井上さんは「木の上の軍隊」を完成させようと思い立ちました。そして二人芝居を三人芝居に変えて書き始めた頃、肺癌が発見されたんです。治療して治し、台本を完成させる、という意気込みで上演の日取りも決めていました。ぼくも二十年前のヴィジュアルを生かし、二人の兵士の絵を三人に部分変更しました。ところが台本はなかなか完成しません。作者は療養中の執筆ですから無理もない。「予定した初日がずれるかもしれませんのでポスターの日時の部分はあけておいてください」という劇団からの連絡が入ります。数週後に「作者は頑張って完成させると言っています。もう少しお待ちください」と言われる。その連絡が一週間に一度になり五日に一度になり三日に一度になってくると、完成が近づいたというより井上さんの病状が日に日に思わしくなくなってXデイが近づいているという報告に思われて、ずいぶん不安になりました。その気持を自分で否定してはいたのですが、とうとう本当になってしまった。

「木の上の軍隊」の第二の校正刷りは井上さんを偲ぶ会のために三枚だけぼくが刷りました。

「こまつ座」のためにぼくが作ったポスターは、戯曲の数にして十五。再演、再々演で俳優さんが替わって部分的に描き替えたものを入れるとさらに多くなります。中には先ほど述べたように使われなかったもの、校正刷りだけのものがいくつかあって、その度に残念には思うけれど、苦情を言ったことも、「無駄働きをした」と思ったことも、ギャラを請求したこともありません。井上さんが怠けていたために台本の完成が遅れたのではないことは百も承知ですから。より上質のもの、より面白いものを書こうと推敲に推敲を重ねていたことはわかっています。自分が納得しないものは世に出さない主義。小説だって出版が遅れれば編集者は困りますが、演劇の場合は借りている劇場があり、予定してスケジュールを空けているスタッフ、俳優さんたちがいます。公演中止となると補償金を払うことになる。井上さんの持ち出しです。大金を支払っても自分の主義を貫く人でした。

井上さんの戯曲は面白くて笑わせながら見せるのが特徴ですが、その裏側にはいつも平和を愛し戦争を憎む気持が流れています。「むずかしいことをやさしく／やさしいことをふかく／ふかいことをゆかいに／ゆかいなことをまじめに書くこと」、これは井上さんのモットーでした。

そして「言葉」を大切にする作家でもありました。作家なら言葉を大切にするのは当然なのですが、井上さんはとりわけ言葉を吟味する作家だったと思います。言葉を吟味するのが大好きだったとも言えるでしょう。

井上さん宛ての句は、そういう作家を詠んだつもりです。

*

秋燈やまたとり出せる「みだれ髪」

俵万智さんの『サラダ記念日』にはずいぶん感心させられました。歌集を読むことなんかほとんどないぼくでしたから、万智さんの歌が短歌の世界でどのように位置づけされるのかよくわからなかったけれど、一読して短歌を知らない若い人たちの心を摑むだろうとは思ったんです。評判をきいてすぐに買ったので初版を手に入れたと思っていたのに、ずっとあとで奥付を見たら七刷になっていてびっくりしましたね。

対談を申し込んで実現して「話の特集」に載りました。「話の特集」がまだ健在の頃。万智さんは高校の先生でした。『サラダ記念日』の装丁だけはタレント本のように見えるのが気に食わなくて、対談のために会った初対面で「あの本は内容は素晴らしいのに装丁が駄目ですね」とつい言っちゃった。「いえ、装丁のおかげで売れたんです」と彼女。そうかもしれないし、ご本人が気に入ってるのなら余計なことを言ったわけだけど、書物の内容より商業的戦略でデザインするのはどうもなあ、といつも思っているんです。

冒頭に失礼なことを言ったにも拘《かか》わらず、気持よく話をしてくれて、いい対談になりました（装丁にケチをつけたのは対談が始まる前のこと）。佐佐木幸綱に憧れて短歌を始めたという予備知識があったから「佐佐木幸綱さんが歌人でなく俳人だったら俳句をやってたかもしれない？」ってきいたら「そうかもしれないけど、今は歌が好きだからそれ以外は考えられない」という答。「十七文字では言い切れないドラマが三十一文字だと表現できるということはありますか」という質問には「一呼吸が俳句と短歌では違うような気がするんです。私は五七五七七が自分の一呼吸みたいな感じなんですね。私は七七があることに意味を持たせたいんです。五七五で切ると案外いい俳句に見えるような短歌ってたまにあるんですけど、それでは駄目だろうなと。七七で説明するんじゃなくて、七七があるから成り立ってるみたいなことがあってほしいなと思います」

この対談のあとまもなく彼女は先生を辞めて歌人としての生活を始めたようですが、エッセイやルポルタージュ、対談のホステス役なども引き受けて多忙になりました。彼女が聞き役となった対談のお相手が岩城宏之さんだったことがあって、岩城さんが万智さんをわれらの句会に誘ったんですね。それで顔を出してくれた。その初日、俳号をどうしようということになって、ぼくたちは「サラダにしよう」「いやサラダなんて俳号はおかしい。サラにしよう」「片仮名は変だろう」なんてモメた結果「沙拉」という名前を押しつけてしまいました。で、彼女の俳句ですが短歌と俳句では種目が違うとは言え、まあ親戚筋ですからね、さすがに上手です。しばらく句会に顔を見せていましたが、やはり短歌に専念していたかったらしく句会からは徐々に遠ざかり、やがてシングルマザーになって、東京を離れます。

でも本業のほうはしっかり続けているし、坊やのために読み始めた絵本に関するエッセイもあるし、著作は次々に出ています。

ぼくが彼女に宛てた句はその中の一つ『みだれ髪』をテーマにしたもので、与謝野晶子の歌集『みだれ髪』の現代語訳。明治の歌集を現代語で解説するというのではなく、装いを新たに俵万智らしい短歌として甦らせる、というアイデアもよく、いい作品だと思いました。読書の秋にまた思い出して彼女の『みだれ髪』を本棚からとり出した、という自分がやったことと、万智さんがこの仕事をするために、おそらく何度も本家『みだれ髪』をとり出したであろうという想像が混じっています。

＊

星月夜絵本抱へし我と逢ふ

土井章史さんは「トムズボックス」の主人です。トムズボックスというのは吉祥寺にある小さな書店の店名であり、小ぶりの絵本あるいは画集を作る出版社の社名でもあります。小人数のスタッフもいるけれど、土井さん一人で何から何までやっているという印象を受けます。「小さな書店」「小ぶりの絵本」「小人数のスタッフ」と、みんな「小」をつけました。さらに小さな書店の「小さなスペース」で「小さな展覧会」を毎月一人の画家、イラストレーターをフィーチュアして開いています。もうひとつ「小まわりがきく」というのもつけ加えましょう。小まわりがきくというのは土井さん一人の企画で店に並べる本も選ぶし、出版する本のテーマも決めるし、展覧会に出品する作家も選ぶ。上司がいないからお伺いを立てる必要がなく、企画会議を開くこともないので、事がどんどん運びます。で、本もどんどん作る。本は軽装で凝った作りではないから、早く出来るしお金もあまりかからない。

彼が選ぶ画家は初山滋、武井武雄といった往年の名人もいるし、残念ながら亡くなったけれども現代の名人長新太もいる。そして現役のイラストレーター宇野亜喜良、和田誠。と自分の名前も出しちゃいましたが、トムズボックス出版のぼくの本は三冊あります（企画中のものも入れれば四冊）。そして一年に一度、ぼくの個展も開かれます。

土井さんがこんなに熱心に事を運んでいるのは絵本が好きだからにほかなりません。絵本に関する彼の情熱が、彼をゆり動かしているようです。「小さな書店」に並ぶ本は絵本と絵本についての本ばかり。出版する本の著者も展覧会を依頼するのも絵本作家か絵本が専門でなくても絵本を何冊も作った経験のある人。と、徹底的に「絵本」なんです。絵本のことなら何でも知ってる。ぼくよりずっと若い筈ですが、古い絵本のことなど、彼に教えられることがいっぱいです。

土井さん宛ての句は幻想的に現在の土井さんと子ども時代の土井さんが出逢ったことにしました。土井少年はその頃から絵本が好きだったので、絵本を抱えています。

＊

秋燈や重さ嬉しき大英和

松浦伶さんは文春（文藝春秋社）の編集者だった人で、たいへんお世話になりました。まずは松浦さんが「オール読者」編集部の時、カラーを含む数ページのグラビア連載をしてくれと言う。「テーマは？」ときくと「時事ものがいいかな」「タイトルは？」「ふとどき風土記」。語呂合わせのうまいタイトルでしたね。で、三億円事件やらヴェトナム戦争やらをパロディまじりで描きました。藤圭子の「夢は夜ひらく」が流行ってる頃で、その替え歌でジョンソンやニクソンを皮肉ったという、まあふとどきなものだったかな。

次は「週刊文春」のデスクの時期（ぼくが表紙絵を描く何年か前）に、グラビアページのレイアウトを何度かしました。グラビアページの企画では各界著名人に幽霊を見たという体験談をきいて、それを絵にするというのがあって、淀川長治、柴田錬三郎、淡谷のり子、手塚治虫といった人たちに電話取材をし、ぼくがそのテープを聴いて絵を描くというもの。取材するのは松浦さんで、見当をつけて電話するとかなりの人が幽霊談を語ってくれたそうだけど、数学者の岡潔先生に電話して「幽霊を見たことがありますか」と聞いたら「非国民！」と怒鳴られてガチャリと切られちゃったという。で、電話口で怒鳴ってる岡さんを扉絵にしました。

そんなふうに面白い企画を立てる編集者。

そのあと松浦さんは書籍出版部に移ります。そしてぼくに「書き下ろしで本をつくりましょう」と提案してくれました。「書き下ろしは大変そうだなあ、何ができるだろう」とぼく。「例えば映画の中の名セリフについてというのは？」「面白そうだし、二つ三つは思い出せるけど、本一冊分はとても無理」というわけで、その話をうやむやにしたまま時が経ってから「キネマ旬報」の編集長（当時）白井佳夫さんに「二色ページを四ページ空けるから連載しませんか。テーマは何でも結構」と言われて松浦さん提案の映画の名セリフの話を思い出したんです。あの時、書き下ろしは無理だと言ったけど、少しずつ思い出しながら連載するならできるかもしれない、そう思ったので引き受けました。

それが『お楽しみはこれからだ』です。これはときどき休載をはさみながら二十三年にわたる連載になりました。単行本にして七冊。単行本の出版社は文春で、担当はもちろん松浦さんでした。

　松浦さんはさらに大胆な提案をします。語学なんてまるでできないぼくに「翻訳をしませんか」というんです。その時松浦さんは翻訳出版部に移っていました。あとで聞くと翻訳ものの出版は昔からやりたかったことで、自ら望んで異動したんだそうです。ぼくはまた「無理無理」と言いましたが「作者は映画評論家でもあるスチュアート・カミンスキーという人で、ハリウッドを舞台にしたハードボイルド・ミステリーをシリーズで書いている。それを一冊目からやってみたい。主人公の探偵は架空の人物だが、その他の登場人物はほとんど実在の映画人。一冊目で事件に巻き込まれるのはエロール・フリン」ときいてやることにしました。というのはアメリカの映画もの、音楽ものの翻訳を読むと、英語もろくにできないぼくでさえもしばしば気になる個所が見うけられるからです。例えば映画「無頼の谷」（邦題）を原題の直訳「悪名高き牧場」にしたり、女性ジャズシンガーのジョー・スタフォードが「ぼくは……」としゃべったり。そういう翻訳家は語学は堪能でも映画や音楽には詳しくないんでしょう。

　その点だけはぼくのほうが得意です。ハリウッドが舞台の物語ならディテールも正確でないと面白くない。語学のほうは東大英文科出の松浦さんに補ってもらえばいい。そんなふうに思ったんだけど、やってみるとこれが一筋縄ではいかない。貼紙に書いてある単語がわからなくて、どんな辞書をひいても出てこないことがありました。文脈から割り出そうと何日も頭をひねってやっと気がついたのは、貼紙を書いた人物が無学でスペルを間違えていたこと。そんなことの繰り返しで、一冊訳すのに一年かかっちゃった。原題『スターへの弾丸』を『ロビン・フッドに鉛の玉を』という邦題にして出版(装丁、挿絵はもちろん自分でやりました)。二冊目の原題『黄色い煉瓦道での殺人』は映画通でないと意味がわからないだろう(「オズの魔法使」に出てくる道)と『虹の彼方の殺人』にしたのは松浦さんの案。そんなわけで二冊まではぼくが訳しましたが辞書をひく毎日で本業がおろそかになり三冊目はお手上げ。ほかの人(専門家)の翻訳で六冊目まで出ています。挿絵を描くのと文中の俳優や映画についての解説は続けてぼくがやりました。

翻訳出版部での松浦さんの活躍は『マディソン郡の橋』やスティーヴン・キングの『IT』などがあります。その後定年で退社。小規模な会社を作って翻訳出版を続けると言っていましたが、病を得て志なかばで残念ながら亡くなりました。

松浦さん宛ての句は翻訳出版が大好きな彼を勝手に描いたもの。しばらくお会いしていませんでしたが、これを詠んだのは文春退社後、一人で新出版社設立の構想を立てていた頃だったと思います。

＊

赤きリボン結びつくせし花野かな

ぼくが多摩美を卒業してライトパブリシティに入ってまもない頃に、ＮＨＫで青少年番組を担当している後藤田さんというディレクターに紹介されました。ぼくは多摩美の三年の頃からテレビＣＦのアニメーションを何本も作っていたのですが、ある日そのことを知った後藤田さんに呼び出されて「アニメーションによる三十分の子ども向け番組を作ろうと思ってるんだがやってくれるか」と言われたんです。「ぼく一人でですか」「うん」。アニメの経験があると言っても三十秒から九十秒までのＣＭばかりだし、ぼくは社会人になりたての海のものとも山のものともつかない時代。そんな男にＮＨＫの三十分番組を依頼するなんて、端《はた》から見たら頭がおかしいんじゃないかと思われそうです。ぼくも声をかけられたのを喜びながら、「無理ですよ、三十分のアニメを一人でなんて」と言いました。でもせっかくの話をなしにするのはもったいないと思って「三人で十分ずつにするのはどうですか」「いいだろう。でもあとの二人は？」「学校の一年後輩に中原収一というのがいます。彼の絵はアニメに向いてるから声をかけます」「わかった。じゃぼくも一人心当たりがあるから声をかけてみよう」。で、後藤田さんが声をかけたのが小薗江圭子さんでした。

小薗江さんも女子大を卒業したばかりでしたが、個性的なぬいぐるみの人形を作る人として頭角を現わしていた頃。それだけでなく童話も書くし詩も書くし、絵も上手なんだ、と後藤田さんは太鼓判を押します。それで小薗江さんが浜田広介の「第三の皿」、中原君が小川未明の「眠りの町」、ぼくが宮沢賢治の「オッペルと象」(今は「オツベル」表記が正しいとされていますが、当時は「オッペル」でした) をそれぞれ選んでアニメにしました。当時のことだから発注するアニメスタジオはなく、あっても予算はなく、三人それぞれがNHKに通って、片隅に置かれた16ミリカメラで切り抜きを少しずつ動かしてひとコマずつ撮る手作りアニメを完成させたんです。「三つのはなし」という題で放映されました。

音楽をどうするかという話が出た時、ぼくはちょうど「モダンジャズ三人の会」の披露公演を聴いたばかりだったので、「あちらも三人、こちらも三人だから、ジャズの三人にお願いしたらどうか」と提案したら賛成してもらえました。多分これが日本におけるアニメーションとジャズの最初のコラボレーションになったと思います。

アニメは素朴な動きでしたが音楽とよくマッチして、新しい試みを評価された番組になりました。それに気をよくした後藤田さんが思いついたのが歌とアニメを組み合わせて毎日のように放映する短い番組です。二年後に「みんなのうた」として実現しました。

「三つのはなし」のアニメ三人組は、制作中にNHKで顔を合わせることが多く、みんな親しくなりました。小薗江さんは書いた詩をときどき見せてくれます。その中に「この広い野原いっぱい」という詩があって、可愛らしく気の利いた愛の詩なので、ぼくは勝手に曲をつけました。歌作りに凝り始めた頃です。作曲は素人のぼくですから作るだけで発表はしていません。

ところがこの詩に自分で曲をつけて歌った歌手がいます。ぼくはそれをラジオで聴いてびっくりしました。歌ったのはまだ新人の森山良子というフォークシンガーでした。その曲は詩とうまく合っていて、とてもきれいなもので、ぼくが作ったものより何倍も素晴らしいんです。すぐにそれがレコード化されたので、そのドーナツ盤を買いました。ところがクレジットを見ると作詞が男の名前になっている。小薗江さんのペンネームかな、いや彼女がこんな親爺みたいな名前にするはずはない。それで本人に確かめました。するとそれは彼女がよく行く画材屋の店主の名前なのだそうで、その店で作っているスケッチブックの表紙裏に例の詩が刷られていたんです。つまり彼女は店主と顔馴染になっていくつか詩を見せたら、店主はスケッチブック上で詩を紹介していた。ところが紹介するのは詩だけで彼女の名は刷ってなかった。一方、良子さんはラジオのディレクターにそのスケッチブックを見せられて詩が気に入り、曲をつけて歌った。ラジオで流れて評判になってレコーディングされた。レコードが発売されるに当たって作詞者を表示しなければいけない。で、レコードの担当者がスケッチブックを売っている画材屋に詩人の名を問い合わせたところ、店主は自分だと言った。ということでした。ひどい親爺がいるものですね。

それでぼくは「抗議すれば」と言いました。人のいい彼女は「もう発表されちゃったんだからいいの」と言う。ぼくが「絶対に主張しないと駄目。印税はあっちに行っちゃうし、ズルい奴に金を払い続けてたことが後でわかったらレコード会社の恥になるし」とかいろいろ説得したせいか、やっと彼女は重い腰を上げました。で、その後は「作詞・小薗江圭子／作曲・森山良子」になっています。

それから数年後、ぼくは良子さんと知り合います。知り合ってすぐには言わなかったけれど、かなりたって一緒に酒を飲んでペラペラしゃべった時に、「この広い野原いっぱい」に最初に曲をつけたのは俺だぞ、なんて余計なことを言いました。そしたら良子さんは「その曲教えて。譜面見せて」と言います。「良子ちゃんの曲を初めて聴いた時に譜面は捨てちゃった」「じゃ歌ってみて」「歌ってもどんな曲かわからないよ、俺オンチだから」ということでこの話はおしまい。

小薗江さんに宛てた句は、「この広い野原いっぱい」の一部を五・七・五にしただけのものです。

＊

月冴ゆる大河に小舟出しにけり

三谷幸喜さんは今や大人気脚本家。舞台、テレビ、映画、それぞれの脚本執筆で大忙しの上に、舞台と映画では演出を兼ねるから書くだけじゃない。さらに映画が完成するとPRのためにテレビ出演をする。その数が半端じゃないので批判もされますが、興行成績のために身を挺して働く姿が感動的でもあります。役者としても上手だし。

初対面はかなり前になります。ぼくが監督した「快盗ルビイ」がそろそろ完成という頃に手紙を貰いました。劇団をやっていて、自分が書いた脚本の原作（「快盗ルビイ・マーチンスン」）が偶然「快盗ルビイ」と同じだった。上演中だから観てほしい、という内容。

その頃はまだ三谷幸喜という名前も東京サンシャインボーイズという劇団名も知りませんでした。でも原作が同じだということに興味を持ったので観たかったのですが、「ルビイ」が仕上げに入っていて時間がとれなかったんです。サンシャインボーイズが知る人ぞ知る人気劇団であることを、あとから聞きました。

で、こちらは失礼したんですが「ルビイ」が完成したので一回目の試写状を三谷さんに送りました。彼は来てくれて、それが初対面。招待試写における監督は結構忙しくてわさわさしてるので、ちらっと挨拶した程度だったけど。

その後、彼は「やっぱり猫が好き」や「古畑任三郎」などのテレビ脚本でめきめき頭角を現わしてゆくわけ。

平成八年、文藝春秋社がビリイ・ワイルダーの伝記を出版しました。その本について文春PR誌の「本の話」で対談してほしいという依頼が来て、対談相手の候補に何人かの名前が挙がってる。中に三谷さんの名があったので「この人」と言いました。彼がワイルダーのファンであることは作品からわかりますからね。その対談でわれわれは初めて正式に会話したことになります。

それがきっかけで、次に「キネマ旬報」で連載対談をやりました。一回に一本の映画について徹底的に語る、という企画。脚本家三谷さんはシナリオの分析を中心に、映画ファン歴の長いぼくは記憶を総動員してあれこれ述べる。ユニークな映画論になったと思います。単行本で二冊分。本のカヴァーには二人で半分ずつ似顔を描きました。三谷さんは似顔絵が上手です。ぼくの影響だと言ってますけど、そうでなくても観察力が鋭いし、もともとセンスがいいのでしょう。

彼が朝日新聞に連載しているエッセイにぼくが挿絵をつけています。いろんな人物が登場しますが、テレビに出るような顔を知ってる人なら描けるけど、彼の芝居の上演中に最前列で眠ってる男、なんてのはわかりません。そこで彼に電話すると、その男の眠ってる姿を描いてファックスで送ってくれます。顔もよく似ている（きっとそうに違いないと思わせる）ので、そのまんま描いて提出しちゃう。そんな調子でお好み焼き屋のカウンターで隣り合わせたおじさんとか、警察の雑誌に載せるため彼にインタビューしたお巡りさんなどを描いてもらいました。

『白い嘘』の出版は三谷さん脚本の大河ドラマ「新選組！」が放映される前年でした。彼への句は、彼が脚本の準備を始めた頃のもの。そういうことと関係なく読めば中国の山水画に出てくる風景のようでしょ。初めて大河ドラマに挑む心境はこんなかな、と思って詠みましたが、本人は小舟じゃなく大舟のつもりだったかもしれません。

＊

ぼくと音楽家のお付き合いはクラシック系は少なく、ジャズ系、ポップス系がほとんどです。その中でもお付き合い度の高かったのがピアニストの**八木正生さん**。「高かった」と過去形なのは佐藤允彦さんのところで述べたように残念ながらすでに故人だからです。

六〇年代に草月会館で毎月一回開かれていたモダンジャズのコンサート「草月ミュージック・イン」を、もともとジャズが好きだったこともあり、ポスターを描いていた関係もあって、毎回聴きに行っていました。そこでかなりの数のジャズミュージシャンと知り合ったわけです。とりわけ八木さんと親しくなりました。年は八木さんが四歳上で兄貴格でしたけど、妙に好みが一致したんですね。シナトラが好きで、シナトラのアルバムに協力する編曲家たちの仕事ぶりを賞讃するというところ。音楽はシロウトのぼくが、こんな話題では互角に語り合えるのが気に入られたらしく、ずいぶん一緒に飲みました。

八木さんが離婚して再婚するまでの間、麴町のアパートで一人暮らしをしている時、会社の帰り（ぼくはサラリーマンデザイナーでした）にふらりと寄って喋って帰ったりしていましたが、ある夜また訪ねると、そこに高倉健さんがいたのでびっくり。健さんは八木さんのピアノ伴奏で、主演する映画の主題歌「網走番外地」の練習をしていたんです。何度も繰り返し、その度に「もう一度お願いします」と丁重に頭を下げるお人柄でした。

それから三十年も経ってから、テレビＣＭで歌う健さんの歌の詞と曲を依頼されて、打ち合わせの席でまた健さんとお会いしました。初対面の挨拶をしようとする健さんに「昔、八木さんのお宅でお会いしたことがあります」と言うと「そうでしたか。八木さん、カッコいいかたでしたねえ」と健さん。あの健さんに「カッコいいかた」と言われるなんて男冥利につきるじゃありませんか。その時八木さんはもういなかったのですが。

八木さんが見るからにカッコいいとは思えないけれど、ピアノは名人だし、編曲をすればアイデアいっぱいのお洒落なサウンドを作るし、アメリカ人とジョークを言い合うほど英語が達者だし、アルファロメオを乗り回していたし、グルメだし、やはりカッコよかった。

平成三年、ある音楽ショウのリハーサルに参加した帰り、大通りで車を走らせている時に気分が悪くなり、安全な横道に入って車を停めてハンドルにつっ伏した。助手席のアシスタントの女性が救急車を呼んで入院させたのですが、意識が戻らないまま一週間後に亡くなりました。五十八歳でした。

知らせをきいて病院に馳けつけると、前の奥さんとの間の長男と、次の奥さんとの間の長女がすでに来ていて、二人は初対面。その二人が手をつないで帰る後ろ姿がとてもいいものでした。葬儀には大勢のミュージシャンが楽器を持って集まり、出棺は彼らが「聖者の行進」を演奏して送りました。映画のような風景。最後までカッコよかったんです。何年か後の冬、近所の桜並木を歩いていたら、桜が一輪ポコッと咲いていました。それを見て浮かんだのが次の句。

早世の友想ひけり帰り花

その時に八木さんを想ったわけではないんです。若いのに逝った友だちはほかにも何人かいますし。でもさらに時間が経ってからこの句を見ると、潜在意識中にまず現われたのは八木さんの名前かなあと思ったりします。

＊

枯葉舞ふ街歩きけり暁に

昭和三十五年、『二十一頭の象』という、ぼくの初めての本が出版されました。象をテーマにしたひとコマ漫画を二十一点集めたものです。ぼくはライトパブリシティに入社して二年目でした。仕事は東洋レーヨンの広告。アートディレクター、コピーライター、会社の営業部の人と一緒に、あちらの会社の会議室で定期的に打ち合わせがあります。具体的な話に入る前に、あちらの偉い人が「わが社の業績は……」といった話をします。それが長くて退屈なので、打ち合わせのために持って行ったスケッチブックに漫画を描いていました。学生時代、授業中に似顔絵を描いていたのと同じ気分です。適当に描いていた漫画ですが、だんだんテーマが絞られてきて、象ばかり描くようになりました。

会社に帰ってそのスケッチブックを広げて見ていたら、ライトの社長が後ろから覗きこんで「面白そうだな、ちょっと見せて」とスケッチブックをぱらぱらやって、「これ、本にしようか」と言ってくれたんです。大切な仕事の打ち合わせの最中に描いていたものだから「真面目にやってくれなきゃ困るじゃないか」と言われても仕方がないところですけど、現場をご存知なかったせいか、すごくいい提案をしてくれたので「お願いします。嬉しいです」と調子よく言ったら、「その代り、この本を見て気に入ったよその会社の人が君に仕事を頼んでも無断でしちゃだめだよ」と釘を刺され、ライトの出版物として実現しました。

非売品でしたが、会社ではクライアントの担当の人に差し上げたりして役立てていたようです。曲がりなりにもぼくは著者ですからかなりの部数を頂戴したので、知人友人に送りました。

その中に、知り合ってまもない谷川俊太郎さんがいて、「この人たちにも送るといいよ」と二人の名前と住所を書いてくれました。中の一人が児童文学の今江祥智さんです。今江さんからすぐお手紙をいただきました。面白いと褒めてくださった上に、「挿絵を頼むことがあるだろうから、その時はよろしく」とも書いてあったので大喜びです。今江さんの作品は『山のむこうは青い海だった』を知っていました。まもなく今江さんのご指名で『わらいねこ』という短篇集の挿絵を描くことになります。会社に無断で引き受けたので社長との約束を破ったことになりますが。童話とはいえ慣れない時代ものなので、かなりむずかしく、自信はありませんでした。

そのうちぼくは私家版絵本を作るようになって今江さんに原作を依頼、快諾されて書いていただいたのが『ちょうちょむすび』です。その頃今江さんは「ディズニーの国」という雑誌の編集長でもありました。ディズニーの漫画を日本に紹介する雑誌だけど、今江さんはそれだけじゃ面白くないので後半は今江さん独自のページを作っていて、ある時星新一さんに子ども向けショートショートを依頼、挿絵にぼくを指名してくれました。それが星さんの作品にぼくが絵をつけた第一号で、それから星さんとの仕事の上での長いお付き合いが始まったわけです。

今江さんは画家では長新太さんと早くからコンビを組んでいたようですが、多摩美を卒業したばかりの田島征三君がぼくを訪ねてきて自分の絵を見せ、それが大胆でユニークなので今江さんに紹介したら、今江さんも気に入ってくれてすぐに征三君向きの短篇を書いてもうひとつコンビが生まれました。さらに今江さんに「宇野亜喜良さんを紹介してよ」と言われて「お安い御用」と引き受けたのが今江＝宇野の名コンビの始まり。

そんなわけで今江さんを中心にみなさん一緒に食ったり飲んだりしていた時期もありましたが、今江さんは出身大学のある京都にお移りになり、作家の傍ら児童文学を教える先生をしたり、お会いするチャンスは少なくなりましたが、作家とイラストレーターというつながりはずっと続いています。

今江さんはイヴ・モンタンが熱狂的にお好き。『山のむこうは青い海だった』から、作品にもしばしばモンタンの名が出てきます。今江さん宛ての句もモンタンを意識しました。「枯葉」と「暁に」がモンタンのレパートリイです。

＊

終りなき枯葉の命唄ひけり

島健、島田歌穂ご夫妻は、ぼくたち夫婦が仲人をしました。仲人と言っても今どきの仲人ですから、初めから二人を引き合わせるという、昔の月下氷人とは違います。頼まれ仲人というやつ。そんなのを二組と、もう一つキリスト教式にやるので呼び名は仲人ではなく立会人だという、まあ似たようなこともやって、合わせて三組引き受けたのですが、二組はさっさと別れちゃって、島健夫妻が貴重な一組を続けています。島さんがピアニスト、歌穂ちゃんが歌手ですから、仕事は二人一緒のことが多く、安泰なオシドリ夫婦です。

ぼくたちに仲人の声がかかった時、お二人はショウビジネスの世界にいますがぼくは違うし、妻も一時その世界に足を突っ込んでいたけれど、今は遠ざかっているので、「そちらの世界の大物で、ぼくたちより仲人にふさわしい人がたくさんいるはずだから、その方面にお願いしたら」と言ったんです。そしたら島さんが「ぼくが歌穂と知り合う前に和田さんもレミさんも知り合いだった。歌穂もぼくと会う前に和田さんレミさんと親しくなってた。そんなご夫妻ってほかにいないんです」と言う。へー、そんなもんかとびっくりして、お引き受けすることになりました。

ぼくはジャズ好きだから島さんを知ってたし、妻は歌手でもあったから島さんの伴奏で歌ったことがある。歌穂ちゃんはミュージカルを得意とする歌手であり女優であると現在では認知されていますが、出発は子役であり、「レ・ミゼラブル」の大役で有名になる以前はジャズを歌うのが上手な歌手でした。八木正生さんに「うまい子がいるから聴きにおいでよ」と誘われて、小さなライヴハウスで八木さん伴奏で歌う歌穂ちゃんを聴いたのが最初だからずいぶん前。妻はちょっとしたテレビ番組などで顔を合わせていたそうです。

さて披露宴当日、ぼくたちの仲人ぶりは慣れないこともあってイマイチでしたが、感動的なシーンがありました。新郎新婦のお父さんは両方ともピアニスト。分野はタンゴとジャズの違いがあるので共演はなく、知り合いでもなかったけれど、その日初めてピアノ・デュオを聴かせてくれたんです。満場の来賓も二人のお父さんのことはほとんど知りません。ですからサプライズ・ビッグショウという感じで、盛大なクライマックスでした。

島健さんは島が苗字で健が名前です。シマ・ケンですが親しい人は「シマケン」と呼びます。それを聞く第三者はシマケンはニックネームで、正式には島田健太郎というような名前で、榎本健一を略してエノケンと言うようなものだと思うらしいです。それと、島と島田だし、健と歌穂、どちらもアルファベットでS・Kになります。初めから結びつく運命だったようなカップルですね。

島さんはピアニストとしての演奏活動も、アレンジャーとしての仕事もあり多忙。歌穂ちゃんもミュージカルには声がかかるし、歌のないストレートプレイにも女優さんとして声がかかって多忙。すれ違いが多いように見えてさきほど述べたように共演も多いし、島さんの作曲によるミュージカルもあります。お二人に宛てた句はそのひとつ、ベストセラー絵本をミュージカル化した、島さん作曲、歌穂ちゃん主演の「葉っぱのフレディ」を題材にしました。

Ⅲ

映画・歌

＊

白頭巾消えて宵闇残りけり

スリラーの装置模したる枯木かな

パレス座の跡の空地や母子草

海賊の旗の上なり星流る

これみんなぼくの句ですが、映画好きだということがもろバレてますね。

映画好きが嵩じて、というか、映画ファンではあったけれど映画監督になりたいと思い続けていたわけではないのに降って湧いたようなきっかけから昭和五十九年に初めて映画を監督しました。以来、長篇映画四本と短篇映画一本を監督しています。

短篇映画は「ガクの絵本」という、カヌーイスト野田知佑さんとその愛犬ガクの物語で、北海道ロケをしました。その時の網走湖畔における写生句。

小狐の首かしげたる湖畔かな

「真夜中まで」は今のところぼくの最後の長篇映画で、公開は平成十三年ですが撮影は平成十一年。ロケーションの多い作品なのに梅雨どきにぶつかって、天気待ちで苦労しました。主人公はジャズのトランペッター。ジャズ映画であり、ひょんなことから外国人ホステスを助けることになる冒険ドラマでもあります。

まずホステス役のオーディションのために香港に行きました。

朝粥に汗ばむ街の広東語

次は都内でのロケハンです。天気が悪かったのは前述の通り。

灰色の東京全図五月雨るる

隅田川支流でクランク・インしました。

梅雨寒や昏れまた明けし橋の上

たまに晴れ間もあります。

梅雨晴のその空の下ラッパ吹く

映画にこういうシーンはないのですが、待ち時間が多いのでみんなうんざりしたりイライラしたりしてる。晴れるとみんな急に元気になって大急ぎで撮影再開。右は主役のトランペッターに扮した**真田広之君**の気持でもあったでしょう。

映画の現場をちょっと離れて、次は映画仲間との交流を。

「快盗ルビイ」からお付き合いが始まった録音技師、**橋本文雄さん**はその道の大ベテラン。黒澤明のあの「羅生門」のスタッフです。因みに、やはり「快盗ルビイ」で知り合った照明技師、熊谷秀夫さんは溝口健二「雨月物語」のスタッフ。「麻雀放浪記」の美術担当、中村州志さんは黒澤明「野良犬」のスタッフ。昔のことですからみなさんまだ若く、助手時代ではありますが、その辺りからスタートしてどんどん一流になった、日本映画史と共に歩んだような方々です。ぼくのようなアマチュア監督が、こんな凄いスタッフに囲まれて映画が作れるというのは本当にラッキーなことなんです。今うっかり「アマチュア監督」と書きましたが、現場でそんなことを言うと怒られます。みなさん、監督がプロだと思うからこそ監督の意見に従って力を合わせてくれるんですから。「異業種監督」と言うのなら、まあ許されそうです。

で、橋本さんですが、奥さんが趣味で俳句をやっていらっしゃるということで、『白い嘘』を贈呈しました。本に書いたオリジナルの句は奥様に宛てるのがいいのですが、お目にかかったことがないので、橋本さん宛てになりました。

秋冷や橋渡りゆく下駄の音

橋本さんの橋に、お仕事である「音」を合わせた句です。

「秋冷」は澄んだ秋の空気が身を引き締める、といった気分を表わす季語。そんな日に下駄で木の橋を渡る風景なので、映画でそういうシーンがあったとして、名人橋本さんが録ってくれたらいい音になるだろうなあ、と思います。

*

イラストレーター仲間であり、句友である矢吹申彦君は、「話の特集句会」のほかに浅井慎平主宰の「東京俳句倶楽部」のメンバーでもあります。彼が「俳句倶楽部」に女優の**戸田菜穂さん**が入っていて、彼女は「真夜中まで」に出演しているから、『白い嘘』を送ってあげてはどうか、と言います。確かに彼女は「真夜中まで」にゲスト出演してくれているので宛書をして送りました。

優しさは戸を訪ねゆく花菜雨

彼女の名前の中の戸と菜を入れて、女性向けの句にしました。花菜雨というのはぼくの造語です。でもありそうでしょ。菜の花の季節に降る雨のつもり。

＊

あれがかの祇園太鼓よ宵祭

右は映画評論家**白井佳夫さん**に宛てた句です。稲垣浩監督が昭和十八年に作った「無法松の一生」のクライマックス、阪東妻三郎扮する松五郎が祇園太鼓を叩くシーンを詠んだもので、松五郎は車夫。車夫というのは人力車を引く男です。その松五郎が将校の妻に秘かに想いを寄せる。当時「車夫馬丁」という言葉がありました。馬丁は人を乗せたり荷物を運んだりする馬を世話する男。車夫も馬丁も身分の低い職業とされていたんですね。差別用語です。その車夫が帝国軍人の妻に恋する物語などもってのほか、と戦時中の検閲官が文句を言って、多くのシーンをカットさせた。名作なのに映画としては不完全なものが公開されました。

白井さんは戦後もずいぶんたってからカットされたフィルムを探し出してオリジナルに

近く復元して、自ら解説を加える上映会を各地で開きました。そういうことから白井さんに宛てた句は「無法松の一生」がテーマになっているというわけです。

ぼくが『お楽しみはこれからだ』という、映画の中の名セリフを紹介しつつエッセイを書き絵をつけた本がシリーズで七冊も出すことができたのも白井さんのおかげです。白井さんは映画雑誌「キネマ旬報」の編集長を何年もやっていて、ある時ぼくに「二色刷りの四ページを作るから連載をしませんか」と提案してくれたことは松浦さんの項にも書きましたが、その提案を受けて「キネ旬」に連載をし、一年半ほど続けると一冊の本になる、それが七冊分続いたんです。

白井さんとの初対面をよく憶えています。白井さんは映画の専門家だし、ぼくも映画ファンですから、当然映画の話題で盛り上がるんだけど、白井さんはぼくより四年ほど年長で映画鑑賞歴も古いです。で、ぼくが観てない映画もたくさん観てます。その日は何故かウイリアム・ワイラー監督、ベティ・デイヴィス主演の「月光の女」の話になりました。公開はぼくの中学の頃なので予告篇しか観ていなかった。そこで白井さんはその映画のファーストシーンがどのように素晴らしいかということを微細に話してくれたんですね。その情熱的な語りがたいそう印象的でした。数年後にヴィデオで観ることができて、成程と思ったわけですが。そのシーンを句にするとこうなりました。

月光の滴りてゐる雨林かな

＊

白井さんとの初対面に同席したのが山田宏一さん。同じく映画評論家。ぼくより一つばかり若いけど、映画に関しては、特にフランス映画に関しては先生です。高校時代に「天井桟敷の人々」を観て感激のあまりフランス語を学んで、東京外語大フランス語科を卒業後、六〇年代のパリに留学。折しもヌーヴェル・ヴァーグの最高調の時期で、ヌーヴェル・ヴァーグの機関誌みたいな「カイエ・ドゥ・シネマ」の同人になって、気鋭の映画人たちと親交を結びます。その中にゴダールもトリュフォーもいる。とりわけトリュフォーとは親しくなって、トリュフォー作品の研究も翻訳も、日本では彼の右に出る者はいない、という人です。

ぼくが彼と知り合ったのは、彼が帰国してまもない七〇年頃。映画評論の若手として活躍を始めていた頃です。その時は羽仁進監督が当時人気絶頂のピンキーとキラーズを使ってミュージカル映画を撮る、という時にシナリオに協力していました。ぼくがタイトルデザインを依頼されて打ち合わせに行った場に、彼が居合わせた。そして映画がとりもつ縁で、たちまち仲よくなっちゃった。会えば映画の話ばかりだけど、デザイナーとしては彼の著書の装丁を、初期の『映画について私が知っている二、三の事柄』からかなり手がけました。トリュフォーに関する本も多いです。「華氏451」についての本『ある映画の物語』もあります。「華氏451」はレイ・ブラッドベリが原作。本を読むことが禁じられている国を扱ったSFです。その国では消防士が取締官を兼ねていて、本を見つけると火焰放射器で焼いてしまう。本の持ち主は逮捕される。それでも書物を愛する反体制の人々がいます。彼らは対抗手段として手分けして本を丸暗記するんです。体制側の目の届かないところに彼らのコミューンがあって、みんなが思い思いに暗誦しながら歩いているとこがラストシーン。そのシーンを撮影するはずの日に、雪が降ってきました。普通なら撮影中止、天気待ち、というところですが、トリュフォーは「雪の中で撮ろう」と決断しました。降る雪の中で本を諳《そら》んじながら歩く人々。とても美しいシーンで映画は終わります。山田さんに宛てた句はこのシーンになりました。

本を読む人の歩みや春の雪

＊

「キネマ旬報」に『お楽しみはこれからだ』を連載したのは断続的ではありますが二十三年にわたります。担当編集者は何回か変わりましたが、いちばん長かったのは**金田裕美子さん**。この仕事を依頼してくれた白井編集長はやがて「キネ旬」を去り、編集長も何代か引き継がれてゆきます。初めての女性編集長は**関口裕子さん**。彼女が編集長に就任した時、ぼくの連載はすでに終わっていましたが、その後三谷幸喜さんとの対談――毎回一本の映画に話題を絞っていろんな角度から話をするという企画――を始めたのは関口編集長時代。関口さん金田さんコンビで対談の面倒をみてくれていました。対談の面倒というのはスケジュール調整とか対談場所の設定とかテープ起こしとか話題にした映画のデータ調べとかで、いろいろ忙しいわけです。その対談が二年続いて、対談以外でも会ったり食ったり飲んだり――三谷さんは酒はやりませんが――しゃべったりするようになりました。

金田さんはゲイリー・クーパーの大ファン。仕事柄映画のことは詳しいけれど、とりわけクーパーのことなら何でも知ってるという人です。それで彼女に宛てた句は、

日盛に長身の影歩ませる

「真昼の決闘」におけるクーパーの姿です。

関口さんには「好きな映画は何？」とききました。「バンド・ワゴン」が答でした。フレッド・アステアのミュージカルで、ぼくも大好きな作品です。この映画の印象的なシーンの一つはアステアとシド・チャリスが夜のセントラル・パークで「ダンシング・イン・ザ・ダーク」のメロディに乗って踊るところ。

暗闇に踊る二人や夏木立

こんなふうに特定の友人に宛てた映画俳句を作っているうちに、誰それ宛てではない映画俳句を遊びで作ってみようと思いついて、やってみたのが左の春夏秋冬四句です。

椿咲く隣屋敷のはかりごと

野伏せりも絶へて我等の田植歌
烈風の芒野に立つ二人かな
初雪やぶらんこに乗る人の唄

おわかりですよね。みんな黒澤明監督作品です。

春は椿で、もちろん「椿三十郎」。お家騒動で謀略によって失墜しそうになる上役を心配する九人の若侍を、浪人三十郎が助ける話。悪い家臣の家の庭に見事な椿が咲いてます。

夏は田植。野伏せりというのは農民を襲って食料を奪う野武士の攻撃のことで、映画は「七人の侍」。農民に雇われた侍七人が農民に闘い方を教え、協力して野武士集団をやっつけたけれど、七人のうち生き残ったのは三人だけだった。農民は安心して田植を始める、というのがラストシーンでした。

秋は芒。黒澤さん監督デビュー作品「姿三四郎」。ラストで三四郎は宿敵檜垣源之助と芒野で対決します。ものすごい風の中。芒の揺れ方が凄くてその上美しい。黒澤さんは強風を根気よく待ったということです。いつまでもねばるという黒澤伝説は第一作から始まっていたんですね。

冬は初雪。雪とぶらんこと言えば「生きる」に決まってます。癌を宣告された初老の役人が、役所の仕事をそれまで無気力にやっていたけれど、先が長くないことを知って猛然と働き出す。そして児童公園をさまざまな圧力に屈せず作る。出来上がった公園のぶらんこに乗って「ゴンドラの唄」を歌いながら死んでゆくという、悲しくも美しいラストシーンです。でもぼくの句には欠陥があります。雪は冬の季語だけど、ぶらんこは春の季語なんです。一年中あるぶらんこがどうして春の季語なのかわかりません。ぶらんこに乗って遊ぶという気分が春なんでしょうか。とにかく俳句の世界ではぶらんこは春。そのことは知ってるんですが、「生きる」のこのシーンを詠む以上、ぶらんこと雪は欠かせないものなんですよね。

＊

小室等さんに宛てた句は「レイジー・リヴァー」をテーマに詠みました。それが自分では面白かったので――句の出来ではなくスタンダードナンバーを題材に俳句にしてみることが――いくつかの有名どころでやってみました。

アイル・リメンバー・エイプリル

微笑《ほほえみ》や四月の恋を想ふとき

歌詞の最後はI'll remember April and I'll smileです。

イースター・パレード

ソネットを君に捧げん復活祭

I could write a sonnet　About your Easter bonnetと歌詞にあります。ソネットのテーマを君のイースターの帽子にしてるわけですが、句では帽子を省略しました。原詞はソネットとボンネットで韻を踏んでます。

サマータイム

魚は跳ね棉育ちゆく季節かな

Fishes are jumpin' and cotton is high.
歳時記によれば棉は秋の季語になっていますが、サマータイムがタイトルなので、この場合は「棉育ちゆく」で夏ということにしました。

アイル・ビー・シーイング・ユー

再会はすべての夏の陽のもとに

I'll be seeing you in ev'ry lovely summer's day. その先にI'll find you in the morning sun という歌詞があります。

スピーク・ロウ

声低く恋語るべし夏はゆく

歌詞の冒頭にSpeak low when you speak love, Our summer day withers away too soon, too soon. とあります。

キャラバン

隊商の天幕照らす星月夜

Night and stars above that shine so bright.／The mys'try of their fading light that shines upon our caravan が歌詞の冒頭。

イッツ・オンリー・ア・ペーパー・ムーン

信じれば名月となる紙の月

Say, it's only a paper moon, Sailing over a card-boad sea,
But it wouldn't be make believe, If you believed in me.

ハウ・ハイ・ザ・ムーン

楽の音の仄かに聴こゆ月高し

Somewhere there's music how faint the tune.
Somewhere there's heaven how high the moon.

ミスティ

霧深し我は梢の猫に似て

Look at me, I'm as helpless as a kitten up a tree——深い霧を表わす misty は少し先に出てきます。霧が秋の季語。

バイ・バイ・ブラックバード

哀しみを包みて去りし黒つぐみ

Pack up all my care and woe, Here I go singing low, Bye bye blackbird.

ブラックバードはイギリスでつぐみ、アメリカだとむくどりなんだそうです。季語ではどちらも秋。この歌はアメリカ製なのでむくどりにしたいところですが、字数の都合でつぐみにしました。

ヴァイオレット・フォー・ユア・ファーズ

菫草君のコートのために買ふ

I bought you violets for your furs が冒頭の歌詞ですが、詞の本題の前にヴァースがついていて「マンハッタンは冬だった」と説明されています。ファーは毛皮。毛皮のコートを彼女は着ていたわけですね。「毛皮」も「コート」も冬の季語。冬なのに春の花であるすみれを探して買ったので彼女を感激させたわけですね。すみれの「春」とコートの「冬」が混在することになります。ややこしい歌を選んでしまいました。

内々《うちうち》のおはなし

＊

「もう春」と彈みて淹れし紅茶かな

平成十七年の暮近く、句誌「俳句界」から「今年一年世話になった人」というテーマで、両親でも兄弟姉妹でも配偶者でも親友でも、近しい人に宛てた句の特集をするから参加してほしいという依頼が来て、「俳人じゃありません」と断ろうとしましたが、ぼくなんかが句を注文されることは滅多にないことだと思い直して、妻を詠んだのがこれです。「妻に捧ぐ」とか「妻に感謝の気持を込めて」などというのは照れくさくて駄目だけど、妻の日常をスケッチするならいいかな、と。

うちの妻はラジオやテレビでわーわーやってますので、「さぞかしニギヤカなご家庭でしょう」などとよく言われますが、それほどではありません。マイクやテレビカメラに向かうと一オクターブ上がるというか、麻雀なら一翻《イーハン》つくというか、タレントのサービス精神というか、ああなるんです。普段は「一人で庭を眺めながら紅茶を飲むのがいちばん好きな時間」というキャラクターで、ぼくの句もリアリズムです。

妻の父親は平野威馬雄というフランス文学者であり詩人でもあった人。その父親はヘンリー・P・ブイというアメリカ人。明治時代に日本に来て、日本文化、特に書画に魅せられて日本に住んで書画を本格的に習いました。日本女性と結婚して、生まれたのが威馬雄さんです。ですから威馬雄さんは日米のハーフ。明治時代の混血児は珍しいということもあり、ずいぶんいじめられたそうです。

そういうつらい思い出があるので、戦後進駐してきたアメリカ兵と日本女性との間に生まれた子どもたちの面倒をよくみました。正式に結婚せず国に帰ってしまう兵隊がほとんどなので、残された母子家庭は悲惨です。威馬雄さんはそういう人たちを家に招んで、一緒に食事をしていました。少女時代の妻も一緒。「毎日が修学旅行みたいで家庭らしさがなくて寂しかった」と言い、「でもお父ちゃんは偉かった」と言います。「お母ちゃんも偉かった」と。母親は大勢の子どもたち（連れてくるお母さんもいます）のために毎日のように食事の仕度を厭な顔を見せずにしていたから。必要に迫られて「安く、手早く」料理を作る。しかもおいしい。その母親の姿を見ていたので、妻も「安く手早くおいしく」をモットーにして料理をします。シャンソン歌手であった妻はいつのまにか料理の仕事をするようになっていました。

威馬雄さんは俳句も詠みます。その中のいくつかを。

初凪や一点徐々に鳥となる　青宋居

思い出せぬ女名刺や黄水仙　同

かなかなや湾に巨船の動かざる　同

火を足してすすきの波をきく夜かな　同

短日や石をオモリの置手紙　同

もうすこし生きたき願いスキヤキす　同

「青宋居」は雅号。詩にも俳句にも使っています。

威馬雄さんは八十六歳の誕生日を迎えてから半年ほどたった頃、倒れて入院しました。妻と見舞いに行くと、長くないことを悟っていたのか「お寺の墓地は暗くていやだねえ。入るなら外人墓地がいいねえ」と妻に言うんです。

威馬雄さんの父ヘンリイ・ブイさんは生地アメリカで亡くなり、サンマテオに墓があります。ヘンリイの兄オーガスタスさんは鉱山技師として来日、日本で亡くなり、墓は横浜の外国人墓地にあります。弟のロバートさんも亡くなったのは日本で（三人兄弟ともに親日家です）墓は長崎の外国人墓地にあります。長崎で病院を開いた医師でした。

威馬雄さんの幼い頃は横浜の高台に住み、「窓からふらんす波止場、めりけん波止場が見えた」ということだし、伯父の墓がある外国人墓地は馴染の場所で、横浜と外国人墓地に思い入れがあるんでしょう。

妻は「外人墓地がいいねえ」という父親の言葉を聞き流しているようでした。いつも冗談を言って人を笑わせている父親なので、その時も半分冗談のように感じたらしいです。その言葉を聞いた翌日に容態が急変して、まもなく亡くなりました。

そのあと、妻は父親の詩集の一冊を手にとりました。三百冊も本を書いた人でしたが、娘はほとんど読んだことがなかった。亡くなったことで読む気持になったんでしょう。その中の一節に「ぼくのふるさとはいじんばかにあるようです」とありました。

いじんばか——異人墓です。今そんなこと言う人はいませんが、威馬雄さんが混血児ではなくアイノコと呼ばれた時代、中華街が南京まちと呼ばれた時代、外国人墓地は異人墓だったんですね。その言葉がしみ込んでる。「僕の故郷は外国人墓地にある」という気持をその時代の言葉で書いていたわけです。その一節を読んだ妻は雷にうたれたようになりました。「お父ちゃんが外人墓地がいいねえと言ったのは、冗談じゃなくて遺言だった」と思ったんです。

そして彼女の奔走が始まりました。お父ちゃんを望み通り外国人墓地に入れてあげようという一心で。ところが簡単にはいかなかった。混血ではあっても国籍は日本ですから、資格がないわけです。そこで父親の父がアメリカ人であること、外国人墓地に埋葬されているオーガスタス・ブイは父親の伯父であること、などを証明する資料を集めて（そこで苦労したのは出生証明書などは戦災で焼けてしまっていたこと）提出。やっと許可がおりました。

それで威馬雄さんの墓は横浜外国人墓地のオーガスタスさんの墓のそばにあります。墓碑はぼくがデザインしました。半世紀を過ぎるデザイナー歴ですが、お墓のデザインはこれ一つです。

お披露目でもある墓前祭には威馬雄さんを知る老若男女、大勢の人が参加しました。かつて威馬雄さんが面倒を見た混血少女たちのほとんどは今は家庭を持って幸せに暮らしています。その何人かが連絡をとり合って参加してくれました。その中の一人は「先生は昔から私たちに優しかったけど、この墓地に入ってもっと私たちに近づいてくれたような気がします」と涙をためて言っていました。

この日、横浜在住の修道院の女性が墓碑のそばに薔薇を植えてくれました。

それから三年後の墓前祭では、その薔薇が見事に成長していて、満開の黄色い薔薇が墓を覆うように咲いていたんです。感動的な美しさでした。

「平野威馬雄墓前祭」と前書をつけた、その日のぼくの句です。

聖歌聴く墓碑を囲みし黄薔薇かな

そのあと、もう一度父親のあの詩集を読み返した妻が新しい発見をしました。「アメリカ墓には切り立ての黄ばら」という一節があったんです。その日に墓を囲んでいたのは切り花ではなく土から生えている薔薇ですが、威馬雄さんはアメリカ系だし、薔薇はまさしく黄色だし、ぼくはオカルトを信じてはいないけれど、「何だか予言のような詩を書いた親父さんだなあ」と思ったことでした。

＊

ぼくのほうの父親のことはすでに申し上げましたが、七十七歳で逝ってかなりたってからの句会で席題に「餅」が出たので父を思い出して詠んだのが次の句。

餅切るや父が得意の目分量

本当に父は目分量が得意でした。例えばホットケーキを作ったとします。四人家族なら公平に分けるのは簡単です。そこへ客が一人来た。五人で分けます。父は見事に五等分します。五等分なら星形を考えるとぼくにもできそうですが、客が三人来たら七等分しなきゃなりません。それでもきっちり七等分できる。ちょっと疑って重ねてみたこともありますが、寸分の狂いもありませんでした。ですから四角い餅を切るなんてお安い御用で、暮にB3くらいの大きさの餅が届いたとするとメジャーなんか使わずにきちんと六十四等分することができました。本業以外にこんな特技を持ってたんです。

花篝圓乗院に続く道

圓乗院は父の墓、というより祖父の代から続く和田家の墓があるお寺です。お寺の前に小川が流れていて、徒歩六、七分下流へ行くと祖父が建てた川に面した家（前に記したばあさんの家）があって、ぼくたちも住んでいました。小川の両岸には桜が植えられていて、つまり小川をはさんだ桜並木でした。

終戦後まもない頃、われわれが眠っている夜中にギコギコと音がします。父がガバッと起きて音のほうにとんで行く。男が桜の木を切っている。戦後物資がなく、燃料も思うにまかせない時代で、薪として桜を切ってるんです。父が怒鳴りつけた時はすでに遅く、桜は切り倒されてます。男は逃げて倒れた桜は残る。わが家だって燃料は不足してるんですが、泥棒の上前をはねて桜をうちのものにするわけにはいきませんし、大木を一人の力で担いで帰ることもできない。父はぷんぷん怒りながら戻って寝ます。翌朝、倒れた桜はもうなくなってます。そんなことが度重なって、桜並木はすけすけになりました。

小川は水が澄んでいて、泳ぐ魚が見えたんだけど、周りの人が川にゴミを捨てるようになって、水がどんどん汚くなる。魚がいなくなってザリガニが棲むようになる。小学生のぼくたちは学校（さらに下流の川のほとりにありました）帰りにザリガニを獲るのを遊びにしてました。人々はゴミを川に捨てるのをやめないので、水はますます汚れて、呆れた役所は川に蓋をしちゃった。暗渠《あんきょ》というやつです。そこが遊歩道になりました。まばらになった桜並木にまた新しく桜が植えられ、並木が復活したのはいいけれど、季節になると花見の客が繰り出して、飲めや歌えの大騒ぎです。ぼくは暗渠になる前に親の家を離れていて、久しぶりに帰ったら飲めや歌えにぶつかって、びっくり仰天いたしました。

つまりこの桜並木のある遊歩道が「圓乗院に続く道」なんです。

戒名を拒否せし父に夏花摘む

これは句会で「夏花《げばな》」という席題が出た時の句です。この言葉は知りませんでしたが、歳時記に仏に供する花、と説明があったので、亡き父を素材にしちゃったんです。この句は高得点をいただき、あとで「お父さんは戒名をつけなかったの？」ときかれて「嘘」と答えたら「なーんだ」と言われました。『白い嘘』という句集を作ったくらい、ぼくの句には嘘っぱちが多いです。

庭木見る父の猫背や冬近し

これも句会で「冬隣」または「冬近し」が席題の時のもの。この句は必ずしも嘘っぱちじゃありません。晩年の父の印象です。父は庭いじりが好きでした。珍しい花が庭に咲いてるのを見つけて父に花の名前をきくと「自分のうちの庭にある花の名くらい憶えとけ」と文句を言われたことがあります。老境に入ってしょぼくれてきても、庭に出るのは好きだったようです。
父の句は「我等が親戚句会」の冊子に毎回出ていました。その中から三句。五十歳目前の父です。

からからと牛乳車明け易き　精

炎天下流汗淋漓兵裸形　同

たそがれて阿波の山辺や合歓の花　同

あの頃の牛乳配達は自転車でなく荷車を引いていたんでしょうか。まん中の句はぼくも憶えていました。と言っても子どもには読めないし、意味もわかりません。ただ、漢字だけというのが子ども心にも珍しく感じられたらしいです。今読むと「炎天」「汗」「裸」と夏の季語だらけです。わかっててわざとやったのかどうか。

母の句も「親戚句会」の冊子から見つけました。

おとなしく病む子の汗を拭ひやり　文子

この、おとなしく病んでいるいい子はぼくでしょうか、兄貴でしょうか。この時ぼくは六歳で兄貴は十歳ですから、句の気分としては小さい方だと思うけれども。

子の笑顔右と左に西瓜切る　同

西瓜をスパッと切ったら右と左に分かれた、とも読めますが、西瓜をはさんで左右に兄貴とぼくがニコニコしていると読むのが正解でしょうね。とにかく優しいおかあちゃんぶりを句の中で見せてくれていて嬉しいです。

その頃の母を思い出して詠みました。

洗張する母がいて春の庭

鰹節削る母の音冬の朝

洗張は「あらいはり」と読みます。着物をほどいてばらして洗って板に張って干す。改めて着物を仕立てる。昔は面倒なことをしてたんですね。

子どもの頃の母の思い出と言えば、家事をしている姿です。昔のお母さんたちは掃除機も洗濯機もありませんからよく働いていましたね。鰹節も毎朝削っていて、その音で目覚めたものでした。鰹節削りは四季を通じた母の姿ですが、句で「冬の朝」としたのはぼくたちが寒くて億劫でなかなか起きない朝でもちゃんと起きて鰹節に取り組んでいた印象があるからです。母がミシンを踏む姿も強く記憶に残っています。嫁入り道具だったらしいシンガーミシンで子ども（兄貴とぼく）の服を作っていましたし、自分の着るものも手作りでした。

そんなふうに質素な母ですが、若い頃の写真を見るとモボ・モガ時代のモガで、案外もてたんじゃないかと思うくらい。

ぼくが社会人になって給料が貰えるので母に「何か買おうか。何がいい?」ときいたら母は「三味線」と答えました。母と三味線は結びつかないので「え?」と言うと「あたしは小唄の名取なのよ」だって。そんなこときいたことがない。母の粋な姿なんて見たこともない。でもとりあえず三味線の値段を調べたら初任給じゃとても買えません。それっきりうやむやにしちゃいました。

年をとってきてからの母はテレビ放映の映画で東京の下町を舞台にした物語を見て「あんな所、昔は下町とは言わなかった、あそこは東京の中では田舎よ」なんて言ったり、ラジオで歌を聴いて「(なんとか)絣に(なんとか)の帯だってさ。そんな趣味の悪い取り合わせはないよ」なんて言ったりする。落語に出てくる口の悪い江戸の婆さんみたいになりました。

その頃、句会で「日傘」という席題が出ました。ぼくには日傘のイメージがはっきりしてなくて、苦しまぎれに、

夢の中なれば母若くして日傘

という字余りの句をひねり出しました。本当にそんな夢を見たのか、自分でも判然としないんです。見たような気もする。ぼくも結婚して母と離れて暮らしていましたから、しばらく会ってない、元気かどうか様子を見なきゃ、なんて思ってるせいであゝいう光景が頭の中に出てきたのかもしれません。

で、現実は、その頃から母は呆け始めていました。やがてぼくの顔もわからなくなり、素人の介護では手に負えなくなって、病院のお世話になりました。見舞いに行くと、初めのうちは「ここのマンションの人は親切よ。いつも食事を届けてくれるの」なんて言ってました。病院でなくマンション暮らしを始めたと思っていて、看護師さんを同じマンションの人と思ってるんです。無理に入院させられたと思うよりずっとハッピーなので、「違うよ、ここは病院だよ」なんてことは言いませんでした。

やがて口もきけなくなりました。見舞いに行った妻が「お母さん、いつもおきれいね」と言うとニッコリ笑います。それが「またまた、お上手を言って」という表情なんです。聞こえていたかどうかもはっきりしないのですが、こちらの言葉の中身は伝わっているようでした。

そのまま、百二歳まで生きました。

うちの息子は二人とも三十を過ぎました。左は長男が赤ん坊の頃の句。

乳 母 車 交 互 に 押 せ ば 街 は 春

最近、次男が乳母車を買いました。今や我が夫婦も祖父《じい》さん祖母《ばあ》さんです。

あとがき

厚かましくも俳句の本を書いてしまいました。

俳句の本と言っても専門書ではありません。蘊蓄を傾けてもおりません。もちろんそんなことできませんし。俳句をおかずに思い出ばなしのご飯を召し上がっていただく、というようなものだと思って下さい。こういうことをやったことはないので、知らない町角を恐る恐る曲がる気分です。

上梓の際には白水社の和気元さんにお世話になりました。和気さんにはすでに『装丁物語』『似顔絵物語』ほか三冊で面倒を見ていただいています。もう一冊、若い歌人の笹公人君と二人で巻いた歌仙の本『連句遊戯』があります。SF、怪奇、何でもありの笹君の作風にぼくが合わせた破調の歌仙ですが、和気さんは面白がって担当してくれました。

この本は『連句遊戯』のシリーズというわけではありませんが、「句」のつながりで出版されることになったようで、有難いことだと思っております。

何人かの方の俳句を紹介させていただきました。お礼申し上げます。
紹介句の作者は俳号で記しました。作者名のないもののうち小沢郁郎先生のエピソードの中に出てくる「青葉若葉……」「面影の似たる……」以外は、恥ずかしながらぼくが詠んだものです。

平成二十三年春

和田誠

五・七・五交遊録

二〇二一年五月三〇日印刷
二〇二一年六月一五日発行

著者© 和田《わだ》 誠《まこと》

発行者 及川直志
印刷所 株式会社 理想社
製本所 松岳社 株式会社 青木製本所
発行所 株式会社 白水社
東京都千代田区神田小川町三の二四
電話 営業部〇三(三二九一)七八一一
編集部〇三(三二九一)七八二一
振替〇〇一九〇―五―三三二二八
郵便番号一〇一―〇〇五二

ISBN 978-4-560-08145-7
Printed in Japan

連句遊戯

笹公人
和田誠

俳句好きでも知られるデザイナーが、息子と同年齢の人気歌人と巻く初めての両吟。怪奇・SF何でもあり、けしかけたりいなしたり、二人の呼吸がぴったり合って繰り広げる究極の遊戯。

四人四色 イラストレーター4人への30の質問

灘本唯人
宇野亜喜良
和田誠
横尾忠則

60年代から70年代にかけて、同じ時代の空気を吸い、時代をリードした四人。現在も第一線で活躍するそれぞれの創作の原点を浮き彫りにし、イラストレーションへの思いを語る一冊。

ことばの波止場

〈白水Uブックス1088〉

和田誠

回文、替え歌、アナグラムなど、ことば遊びという言語文化のもう一つの側面を、豊富な具体例をあげながら、おしゃれに、やさしく説き明かす「ことば遊びのワンダーランド」。

装丁物語

〈白水Uブックス1089〉

和田誠

人気と信頼を誇る装丁の第一人者が、書物に新しい生命を吹き込ませるための発想のコツとノウハウを、作家たちとの交流を中心にさまざまな側面から語る、もう一つの本の物語。

似顔絵物語

〈白水Uブックス1090〉

和田誠

似顔絵を描けばその右に出るものがいない大人気の著者が、幼年時代の習作から今日の作品まで、豊富なエピソードを交えながら、その工房の秘密を楽しさ満載で、今初めて明かす。